I0681548

Peter Wittig

Versuche des Seins

Roman

Bibliografische Information der Deutschen Nationalbibliothek:
Die Deutsche Nationalbibliothek verzeichnet diese Publikation in der
Deutschen Nationalbibliografie, detaillierte bibliografische Daten sind im
Internet über dnb.dnb.de abrufbar.

TWENTYSIX - Der Self-Publishing-Verlag

Eine Kooperation zwischen der Verlagsgruppe Random House
und
BoD - Books on Demand

Herstellung und Verlag:
BoD - Books on Demand, Norderstedt
ISBN: 9783740749156

Peter Wittig M.A.
Paul-Heyse-Strasse 32
80336 München

Tel.: (089) 51 61 68 36

VERSUCHE DES SEINS

INHALT

VORWORT

Dieses Buch handelt davon, den Pressionen der Systeme zu entrinnen, um schließlich vom Regen in die Traufe zu gelangen, bemerkt, daß auch kleinere Übel nicht existieren. Vielleicht öffnen sich Augen, erkennen Sirenen, Trugbilder.

I. DER ANTRAG

Herbst. Bäume raunen im Wind. Ich durchstreife buntes Laub. Abhang beschleunigt meine Schritte. An einem Bach halte ich inne, raste auf gestürztem Holz in später, schwacher, kalter Sonne. Gurgelndes Gewässer, treibendes Geäst. Quälende Gedanken. Wie lange noch? Wenn es nie gelingt? Täglich stellen sich diese Fragen. Nichts hat sich bewegt.

Wie lange noch? Wenn es nie gelingt? Die Kehle schnürt sich zu, wird eng, trocken. Angst. Standard gewordene Empfindung. Ohne Hoffnung, bestimmt in der Maschinerie zermahlen zu werden. Hilflos. Jeder Aufschrei wird ungehört verhallen. Stille.

Blicke nervös um mich, fühle Beobachtung, Verfolgung. Möchte unsichtbar sein, entrinnen. Plötzlich laufe ich, von kosmischer Macht geführt, als stünde mein Leben auf dem Spiel. Im Kopf kursieren verzweifelte Fluchtpläne. Ihr bekommt mich nicht! Nein, niemals! Ich versuche, mich zu beruhigen. Auf Gott vertrauen. Ein Traum freier, ferner, freundlicher Gestade hält mich aufrecht. Weiter des Weges. Auch Novembersonne begann zu wärmen.

Vor einem Jahr stellte ich das erste sogenannte „Ersuchen auf Entlassung aus der Staatsbügerschaft der Deutschen Demokratischen Republik". Dieser Tag blieb in minutiöser Erinnerung.

Nach intensiver Überlegung gelang es, d e n A n t r a g mit Wortlauten zu versehen, welche nicht im Verdacht standen, die Diktatur zu provozieren. S i e lauerten auf Fehler, geil darauf, den ungezogenen, aufsässigen „Bürger", das üble Subjekt möglichst rasch und lautlos wegzusperren. Fühlte drohende Hydra, unheimliche Furcht und Beklommenheit ergriff mich. Doch ich war glücklich, den ersten Schritt aus dem Dunkel gewagt zu haben.

Erschöpft sank ich in alptraumschwangeren Schlaf.

Umkehren-Weitergehen. Umkehren-Weitergehen. Erneut geleitete mich jene beschirmende Kraft vorwärts. Unaufhaltsam näherte ich mich dem Gebäude mit der Bezeichnung „Rat des Stadtbezirkes West der Stadt Karl-Marx-Stadt".

Mechanisch ergriff ich die Eingangstür. Zwei Pförtner glotzten mißmutig aus einem Glaskasten. Ich fragte, wo die „Abteilung Inneres" zu finden sei. Sie hatten mich als feindlich geortet, ihre Augen verengten sich zu noch kleineren, noch giftigeren Schlitzen, endlich erhielt ich die Information: „Im Nebengebäude."

Es präsentierte sich ein unscheinbares, weitaus abschreckenderes Haus als das „Hauptgebäude". Nachdem ich vier Holztreppen überwunden, welche als provisorischer Ersatz der eigentlichen Treppe fungierten, und eine mausgraue Metall-Tür geöffnet hatte, lag ein scheinbar endloser, neonbeleuchteter, giftgrünlinoleumschwangerer Gang, von dem eine Vielzahl wiederum mausgrauer Türen abzweigte, vor mir.

Ein affichierter Karton-Deckel bedeutete: „Abteilung für Innere Angelegenheiten. Klingeln! Nach Aufruf eintreten!"

Ich läutete. Es verstrichen einige Minuten. Schritte näherten sich, es wurde geöffnet, eine grobschlächtige Gestalt fragte unwirsch: „Ja?!" Ich schluckte, rang nach Luft, meine Augenlider zuckten, dennoch versuchte ich, wenn auch vergeblich, mir nichts anmerken zu lassen.

Wie in Trance perlten magische Worte in tristen Raum.

„Ich möchte einen Antrag auf Entlassung aus der Staatsbürgerschaft der DDR stellen."

Es folgten Momente fassungsloser Erstarrung. Dann sich überschlagendes Brüllen, welches hysterisch „erstens darauf hinwies", daß es sich „höchstens" um ein „Ersuchen", jedoch nicht um einen „Antrag" handeln könne.

Die Ihren fixierten mich mit kaltem, stechenden Blick, als wollten sie mich durchbohren, auslöschen, vernichten. In breitem Sächsisch ließen sie mich wissen, daß ich ihnen folgen solle. Einer kommentierte: „Vaadher Schdaad vorraadn, whass?! Haste whas dazuuh zhu saachen?!"

Ich schwieg. Er verließ den Raum, ich wartete. Längere Zeit. Der Apparatschik erschien mit einem Formular-Bündel, warf es wütend auf den Tisch und kommandierte, daß ich alle Fragebögen „ordnungsgemäß" auszufüllen habe. Ich reagierte überrascht, da ich eine längere Auseinandersetzung erwartet hatte. Schließlich war bekannt, daß bereits der Akt der Aushändigung dieser Papiere eine Barriere eigener Art darstellte. Verwirrt suchte ich mich, auf das Gegenüber zu konzentrieren.

Ein anderer „Mitarbeiter" sprang plötzlich auf und verließ das Sprech-Zimmer. Es folgten erneut endlose Minuten unbestimmbaren Wartens. Eisige Stille. Ich fokussierte schmallippig-verkniffene, feist-lauernde Honecker-und Stoph-Photographien an dennoch kahlen Wänden, suchte so die übrige Umgebung aus meinem Wahrnehmungsfeld zu eliminieren, war bemüht, Angst und Nervosität nicht ruchbar werden zu lassen.

Nach offensichtlicher Rücksprache mit „den zuständigen Kadern", seinen Herren-Genossen, kehrte letztgenannter Lakai der Diktatur in die heimtückische, aber doch groteske Szenerie zurück und überbrachte die Mitteilung, daß s i e „das Ersuchen" vorerst annähmen und „prüfen" würden, „ob es überhaupt rechtmäßig" sei. Das „Bürger-Gespräch" wurde als beendet erachtet. Mit dem „Hinweis", daß eine Aufforderung ergehen werde, zu welchem Zeitpunkt ich in meinem „Anliegen" in der „Zukunft zu erscheinen habe", wurde ich mit perfidem, langgezogenem „Daaachhh", welches für das Kommende nichts Gutes ahnen ließ, des „Objektes" verwiesen. Türschlagend entleerten sie den Raum.

Benommen und erschöpft stand ich im Neon-Gang. Eilig verließ ich das Nebengebäude, verspürte seltsame Glücksgefühle, Hauch ersehnten Triumphes. Heimwärts.

Regentropfen perlen langsam große Fenster herab. Draußen zieht feuchter Asphalt das Scheinwerferlicht vorüberfahrender Automobile an sich, wirft es in lange, verschwimmende, fluoreszierende Bahnen, zeichnet helle Strähnen in scheinbar endloses Dunkel. Ich sitze an einem Ecktisch, ein Glas Bourbon vor mir. Es ist fast geleert, gleich werde ich das nächste bestellen. November. Ein Jahr vorüber. Ich bin keinen Schritt weiter. Die Hoffnung auf Rettung schwindet. In letzter Zeit bin ich oft in dieser Bar im Hotel „Chemnitzer Hof", versuche, mich aufzumuntern. Das Hotel wurde Anfang des Jahrhunderts erbaut, hat vieles mit stoischer Ruhe und Gelassenheit erlebt und überstanden. Warum soll ich nicht auch gelassen sein? Doch es bleiben hilflose Manöver. Ich fühle mich schwach, von Melancholie befallen, suche Gesichter, aus denen auch Resignation spricht. Ich folge der Weisheit „Geteiltes Leid ist halbes Leid". In diesem Fall hat sie keine Gültigkeit. Hier ist vielmehr zutreffend, daß Traurigkeit summiert mit Traurigkeit weitere Traurigkeit ergibt. Also trinke ich und träume von Paris, Rom, Athen, Wien, New York, München. Plötzlich belästigt mich eine penetrante Stimme, fragt, auf die beiden unbesetzten Stühle an „meinem" Tisch deutend, ungehobelt, ob „hier frei" sei. Traumbenommen starre ich die Eindringlinge, ein Allerwelts-Paar, an. Giftig zischend wiederholt er: „Frei hier?!" Ich nicke apathisch. Geräuschvoll lassen sich beide nieder. Das Revers seiner schwarzen Kunstleder-Jacke ist durch ein SED-Abzeichen, von einigen „Bonbon" genannt, befleckt. Wohlgenährt „studiert" der „Genosse" mit sklerottischem „Neues Deutschland"-Glotzen die Karte. Mit einfältigem Treu-Blick wartet Frau geduldig, bis er befindet, daß sie an der Reihe ist. Zeit gerät zu Un-Zeit, gebiert paralysierte, paralysierende, bleierne Atmosphäre. Sie scheinen sich über ihren Appetit im klaren, winken bedeutungsvoll der Bedienung, die, nichts überstürzend, zunächst an anderen Tischen serviert, dann einen dritten Whisky, welchen ich, noch allein, erbeten habe, kredenzt, und, last b u t least, die Bestellung des Abzeichens registriert.

Die Eindringlinge verderben mir sogar die Depression. Ich suchte Andeutungen eines Momentes kultivierter Einsamkeit. Mehr war hier nicht zu erwarten. Aber auch dieses Mindeste wurde mir heute nicht vergönnt.

Ich habe genug, und entschließe mich, nachdem ich das Glas eilig geleert, schließlich gezahlt habe, zum Gehen.

Verlorenes Glück, verlorene Zukunft. Mit der Gleichgültigkeit des Geschlagenen setze ich den Stuhl zurück. Billige Metallfüße kratzen geräuschvoll über fahlbraunen Fußbodenbelag. Unwirklich, hypnotisiert richte ich mich auf. Verstummte Wände servieren eilfertig, beflissen übertriebener Spiegel gnadenlose Dokumentation. Ungefragt, gefragt. Gratis. Vorerst.

Man hat Blut geleckt. Observation greift Platz. Schritte geraten zu Flucht.

Geringe Zahl erbärmlicher Stufen dilettantisch falschen realsozialistischen Marmors in einem Satz genommen. Zur Tür. Heraus! Heraus! Mit zitternder Hand Aluminiummarke gefingert. Garderobe.

Jacke gefaßt, in jene verzweifelt, Schutz suchend gekrallt, als verspräche sie Rettung.

Dem Schlund zunächst entwunden. Frischluft. Es regnet noch immer.

Ziellos, verwaschenen Film vor Augen, irre ich umher. Vom Hauptbahnhof zieht gedehntes Heulen herüber, verstummt. Ein Zug ist angekommen. Plötzlich verspüre ich magnetische Wirkung, folge ihr. Wie ferngesteuert betrete ich die lichte, weite Eingangshalle des Bahnhofes. Armisten hasten in den Wochenend-Urlaub. Müde Gesichter. Gespräche. Vieles hat man sich für die kurze Zeit vorgenommen. Stimmen entfernen sich. Eine Regenrinne mit großen Löchern. Es plätschert. Ich stehe vor Fahrplankästen. Vielleicht würde eine Reise Ablenkung verschaffen. Der Norden wirkt beruhigend auf mich. Ich wähle Schwerin. Betrunkene lärmen „O sole mio!". An Waggons ruft sich unter regenverschmierten Schmutzschichten chimärenhaft blaß „DR", Deutsche Reichsbahn, in Erinnerung.

Trübe Transparente, welche in ungezählter Wiederholung verheißungsvoll „Unser Eisenbahnerehrenwort- Mit Höchstleistungen zum XI. Parteitag der SED" offerieren, säumen tristen Weg. Eilig strebe ich dem Ausgang zu. Es ist spät. Meine Schritte gewinnen Bestimmung, Entschlossenheit, Ziel. Atemlos. Erschöpfung zwingt mich, innezuhalten. Der Willen zum Horizont führt mich weiter. Endlich erreiche ich die Haltestelle. Ich warte auf den letzten Bus nach Hause, den „Lumpensammler". Ich bin froh, daß der Tag zu Ende ist.

Nur noch wenig Verkehr auf der „Straße der Nationen". Hoffentlich läßt man den „Limbacher" nicht ausfallen, wie zu dieser Uhrzeit schon oft geschehen. Ich bin der einzig Wartende. Dennoch, Glück in allem Unglück. Man hat mich nicht übersehen. Es wird gehalten. Mürrisch blickt der Fahrer in meine Sicht-Wochenkarte. Nicht mehr als drei Menschen sitzen im Autobus. Sogar halbwegs nüchtern. Ich durchquere den langen Gang, passiere das Gelenk des Gefährtes und nehme am äußersten Ende, auf der langen Fensterbank-seltsamerweise stets mein Lieblingsplatz in diesem öffentlichen Verkehrsmittel- Position. Es wird in die Wilhelm-Pieck-Straße eingebogen. Stärksten Eindruck hinterlassen Schlaglöcher in Moto-Cross-Format. Diese Route frequentieren keine hohen Bonbon-Träger aus Berlin, wenn sie sich zur alljährlichen „Krimskoye"-Selbstbeweihräucherung ihrer phantastischen Erfolge „auf dem Wege des weiteren Voranschreitens bei der Vervollkommnung der entwickelten sozialistischen Gesellschaft" einfinden, tatsächlich citroennieren, peugeotieren, volvieren. Auf die Beobachtung eines Trabantierens wartete man mit Gewißheit vergeblich. Arschlöcher meiden Schlaglöcher. Selbstverständlich auch im metaphorischen Sinne. Die Wilhelm-Pieck-Straße endet, wie sie begonnen: Mit Schlaglöchern. Eine Brücke führt über die Chemnitz, korrespondiert, gezwungen, sich verlierend mit oder, zutreffender, gegen den Fritz-Heckert-Platz, benannt nach hiesigem KPD-Funktionär. Nächtlich dunkel fließt das Flüßchen. Auch täglich dunkel. Viele Färbereien und chemische Fabriken des verfaulten Kapitalismus ließen das Rinnsal in Gestank vergehen. Doch dieser hatte sich auch im Arbeiter-und-Bauern-Paradies nicht zu lichten vermocht, sondern stach gar verschärft scharf in abgestumpfte, aber dennoch wahrnehmende Organe. Es stank infernalischer denn je zum Himmel.

Es folgt die Zwickauer Straße. Eine sich höchst unangenehm ziehende, von Miet-Höllen entstellte, in proletarisch-bäuerliche Ödnis, Tagelöhner-Dörflichkeit mündende, blutleere, herz-und seelenlose, kalte, abgestumpfte Trasse, auf deren Erwähnung mit gutem Gewissen verzichtet werden könnte, wenn sich dort nicht der „Rat des Stadtbezirkes West der Stadt etc." befinden würde. Dieser „bearbeitet mein Anliegen". „Entschieden" wird anderen Ortes.

Armeen der Geschundenen. Wird es in diesem Leben noch gelingen?

Irgendwann kommt die nächste Vorladung in eine Straße, deren Name mich bereits erschauern läßt. Zwickauer Straße. Teufels Straße.

II. SEIN UND WERDEN

Vage Hoffnung auf einige Tage Abstand, Ausweichen verbindet sich mit meinem norddeutschen Plan. Das Mecklenburgische lockt. Denkwürdiges Erwachen. Sonst verschlafe ich bis an den Mittag. Frühstück wird dessen unmittelbares Vorspiel. Nichts wartet auf mich. Heute ist es anders. Nebel. Trotzdem, kein Morgen-Grauen. Frohe Matinee. Que sera, sera. On veura.

Ich beschließe, mich auf tatsächlich notwendiges Gepäck zu beschränken, möchte beweglich sein. Zeit des Abschiedes, der Fahrt.

Ich begebe mich zwei Fahrten früher an die Haltestelle. Um die Tour nicht zu versäumen. Der Bus quält sich durch den Verkehr der „Werktätigen". Damit habe ich gerechnet. Beinahe tägliche Gewohnheit. Nach fast einer Stunde ist der Bahnhof erreicht. Höchste Zeit.

Der Zug war schon eingefahren. Indifferente Menge saß darin. Gut, daß ich endlich einstieg, bevor das „Gerangel" begann. Zehn Minuten Verspätung. Ab. Erwähnter morgendlicher Nebel lichtete sich allmählich über Sachsens sanften Hügeln. Felder, Wiesen, Obstbäume. Kleine Bahn-Station. Klinker. Geduldig warten „Trabbis", „Wartburgs" und ein „Robur" am Übergang. Versonnen halte ich Äpfel, den Blick unwirklich, seltsam in vorüberziehende Landschaft getaucht. Fenster sind beste Freunde meiner Reisen. Die Leidenschaft fortsetzen? Und:? Bekanntschaften? Wenn ja, welche? Vortrefflichste Frucht gewählt.

Wittgensdorf. Unmittelbar nach Cossen führt der majestätische Göhrener Viadukt, rechterhand grandiose Sicht auf Wechselburg und Rochlitzer Berg schenkend, über die Zwickauer Mulde. „Guten Morgen, die Fahrkarten bitte!" Roter Gurt blinkt plastik über dunkelblauer Reichsbahn-Uniform. Der Schaffner. Kaffeeduft dringt vor. Ich bin erstaunt, da von MITROPA nichts zu sehen ist. Keine Herausforderung. Alsbald klärt Neugier. Im Nachbarabteil hält ein alter Mann verkrampft, zitternd eine Thermoskanne in der Hand und läßt mit Genuß Schwarzes in weißen Becher rinnen. Zurück. Zeit vergeht. Paunsdorf, Zweinaundorf, Holzhausen, Liebertwolkwitz. Schauplätze der Völkerschlacht. Vive Napoleon. In der Ferne erscheint das gleichnamige Denkmal, imperiale Ruhe, dauerhaften Bestand ausstrahlend. Galerie des Todes. Ich suche Klarheit, Substanz, Weite, Kraft. Botschaft fruchtbaren, dennoch dürstenden Ackers, Hoffnung nährenden zukunftsfrohen Samens in tragendem Sturm. Ewige Blutlinien. Viel' tausend Jahre. Erkenntnis des Lichtes, der Verheißung. Erhaltungs-Reservoir. Reinkarnation. So finde ich es nirgendwo sonst. Vorfahren prägen Nachkommen.

Geleise winden sich auf verschlungenem Pfade durch ergraute Vorstädte. Man nähert sich beeindruckender Größe vergangener Tage, dem Herzen Leipzigs. Entrückte Zustände. Ankunft in Zeugnissen einstiger Pracht. Mächtiger Palast der Technik, Pretiose der Herrlichkeit, des Divertissements. Hauptbahnhof. Stimmengewirr. Neonlicht-Tafeln verkünden: „Neues Deutschland-Eine Zeitung von Format." Knäuel inkompatibler, hohlwangiger, bleicher sowjetischer Gesichter in traurigstem Grau, von stets schief sitzenden Käppis notdürftig bedeckt, quälen sich zu Ausgängen. Wirres, unkoordiniertes Palaver. Von erfolgreichem Einholen schwer bepackt okkupieren Polen den Zug über Dresden, Görlitz, Liegnitz nach Breslau. Nicht Lemberg. Heimwärts?

Ein Kiosk. Aber was könnte ich dort kaufen? Vom „Neuen Deutschland" über „NBI",
„Armeerundschau" zum „Sportecho", sofern es dieses noch gibt.
Ich möchte etwas anderes lesen. „Spiegel" oder „FAZ". Doch die sind hier nicht zu haben. Es ist
gewiß etwas Wunderbares, sich auf dem Münchener Hauptbahnhof eine Tageszeitung zu kaufen, und
dann mit Genuß in ihr zu blättern, beinahe so, wie man schöne Frauen entdeckt. Ich versuche, mir
vorzustellen, daß ich aus dem Fenster blicken, die Alpen, Innsbruck sehen, über den Brenner nach
Südtirol fahren würde. Nicht länger zur falschen Zeit am falschen Ort. Keine enthirnten
Propagandasprüche auf roten Tüchern, keine sogenannte Volkspolizei und Nationale Volksarmee,
keine SED-Bonbons, keine Sovetskaja Armija mehr. Niemand, der mich zu etwas zwingen kann, das
ich nicht will. Denke ich. Die Reisenden werden aufgerufen, wieder in den Zug einzusteigen. Weiter
geht die Fahrt. Nochmals Völkerschlacht. Man streift Möckern, eine kleine, sonst unbedeutende
Lokalität, welche allein durch das Blutbad vom 16. Oktober 1813 zu trauriger Berühmtheit gelangte.
Wir erreichen Halle.

Etwa zehn Kilometer nördlich der Stadt erscheint der prächtige Petersberg. Auf ihm eine weitere mysteriöse Erhebung, deren frühere Klosterkirche Wettiner Fürsten birgt.

Allmählich wendet sich die Strecke anhaltinischem Gebiet zu. Eintönige Landschaft. Von guter Luft kann keine Rede sein. Chemische Industrie beherrscht das Bild. Auch hier, in Köthen. Die einstige Hauptstadt des Herzogtums Anhalt-Köthen erstickt in realsozialistischem Dreck. Wie immer, es geht trotzdem weiter. Ich verharre im Gang, einer schönen Blonden gegenüber. Später erfahre ich: Sie hat grüne Augen. Volle Lippen, pralle Brüste. Das Rattern des Zuges in den Ohren. Tu-Tum-Tu-Tum-Tu-Tum-Tu-Tum. Der Zug verlangsamt seine Fahrt. Schrittempo. Baustelle. Zone. Das Rattern wird Echo. Tuu-Tuum-Tuuu-Tuuum-Tuuuu-Tuuuum-Tuuuuu-Tuuuuum. Eine Brücke mit Rundbögen. Das Datum des Baues wird erkennbar. 1927. 1927-Deutschland war nicht geteilt. Es galt allein, natürliche, gesunde Gedanken zu verfolgen, wie man am schnellsten von Dresden nach Frankfurt am Main, von Königsberg nach Aachen, von Stettin nach Hamburg gelangt. Deutschland. Trotz allem. Du bist nicht einfach zu durchschauen. Das Bündel des Leides, der Schuld tragen jene diesseits der Elbe. Beinahe allein. Den Anderen war es vergönnt, sich frei zu machen. Kennen sie diese Tränen, diesen Schmerz? Die Alten jagten den Traum vom guten Vaterland über den Jordan.

Nachfahren im Büßergewand. Elende Wenigkeit Mensch. In großer Welt Bündel der Angst und des Scheiterns. Warum ist dies alles nicht erspart geblieben? Warum haben sich Hitler und Stalin Nürnbergs Särge nicht geteilt?

Das Mädchen ist verschwunden. Ich starre nach draußen. Schönebeck an der Elbe. Ein schnelles Motorboot nehmen. Schwarz-Rot-Gold aufpflanzen, nach Hamburg rasen. Im Kugelhagel...

Tu-Tum-Tuu-Tuum-Tuuu-Tuuum. Magdeburg. Der Krieg schlug Schneisen. Die Stadt hat ihr Gesicht verloren. Der Dom steht einsam und angekratzt. Was ist geblieben? Torsi.

In Leipzig russische Besatzer auf dem Bahnhof, jetzt im Zug. Zugestiegen in Magdeburg. Auf dem Weg nach Ludwigslust. Große Garnison der CA dort. Offiziere mit Augen der Erben des Sieges. Nicht die Unmittelbarkeit der Stunde, sondern fauler, längst faulender, einst reicher Beute im Blick. Keine „Gesellschaft für Deutsch-Sowjetische Freundschaft".

Man durchquert die Altmark. Weite Ebene. Allmählich endet die fruchtbare Magdeburger Börde. Der Schaffner reißt die Abteiltür auf. „Ist jemand zugestiegen?" Nein. Erneut Gleis-Bauarbeiten. Dann Stille. Kleine Inseln im Fluß. Wasser fließt träge. Nachdem faszinierende, mehr als einen Kilometer tigersprunggreifende Brücke passiert, wird Wittenberge erreicht. Der Zug kommt jetzt besser in Fahrt. Ich glaube, ein Stadttor gesehen zu haben. Vielleicht ein Irrtum. Oft irrte ich. Freunde waren keine Freunde, Wahrheit nicht Wahrheit. Feigheit nicht Mut. Momente der Erkenntnis existieren. Schweine waren Schweine. Schweine sind Schweine. Schweine werden Schweine sein. Schweine werden, von Wundern abgesehen, Schweine bleiben.

Gehöfte liegen verstreut. Die Landschaft strahlt Ruhe aus. Störche im Flug. Erstaunlich. Erstaunlich. Irgendwann bin ich eingeschlafen. Kurz vor dem Ziel. Das Getöse eines entgegenkommenden Gütertransportes weckte mich.

Kiefernforste. Militärisches Sperrgebiet. Lebensgefahr. Ludwigslust. Erst kürzlich haben hier Russen einen Angehörigen der amerikanischen Militär-Mission erschossen. Er war ihrer Kaserne zu nahe gekommen. In Ludwigslust. Im Mecklenburgischen. In Deutschland. Eine russische Kaserne, eine von vielen.

Zwei Offiziere der Sovetskaja Armija schritten hastig über die Geleise. Ungewöhnlich. Eilig sah man sie sonst selten. Zuweilen raubt übermäßige Eile des Menschen Würde. Eine ältere Frau murmelte mißmutig, daß endlich weitergefahren werden solle. Und tatsächlich. Wie auf Kommando...

Krähen, die sich auf einem Acker neben der Strecke niedergelassen hatten, flogen erschrocken, überstürzt auf.

Weiter des Weges. Nach einigem Abstand versank ich in gutem Gefühl und nicht erwartetem, wunderbarem Genuß in dieser weiten Landschaft, die sich beruhigend, gleichzeitig erfrischend, belebend gar von Chemnitzer Enge unterschied. Alsbald erhoben sich Bilder in der Ebene, kamen näher. Entfernt konnte man Seen, die in nachmittäglichem Sonnenlicht diamantgleich funkelten, wahrnehmen. Nun norddeutsches Fachwerk. Rechts und links der Geleise hohe Dämme, auf denen gezählte Autos und zwei Fahrräder verkehren. Ein Provinzbahnhof. Schwerin.

Das Hotel liegt nächst dem Bahnhof. Es könnte etwas Farbe vertragen.

An der Rezeption füllt man eine Karte aus, die vieles wissen will. Name, Vorname, Geburtsdatum, Beruf, Dauer des Aufenthaltes, Personalausweisnummer, „Heimat"-Anschrift und einiges mehr. Was soll ich schreiben? Abiturient? Ich wähle Student. Gern würde ich studieren. Aber was könnte ich in der sogenannten DDR studieren? Geschichte? Nein, nicht hier, wo das Fach zu bloßer Staffage, zum Erfüllungsgehilfen der Diktatur degradiert und damit exekutiert ist. Ich muß fort!

Grün leuchtet es vom Rezeptions-Tresen. Ein deutsches Ehepaar erster Klasse ist soeben eingetroffen und gibt sich sogleich laut als solches zu erkennen. Selbstbewußtes, emanzipiertes westdeutsches Lächeln trifft auf indisponiertes mitteldeutsches Derangement.

Die Gegenwart dieser Deutschen motiviert mich, hinterläßt Ausreise-Antriebswirkung, bestärkt, nicht aufzugeben.

Nachdem ich ein Zimmer erhalten und mich etwas erfrischt habe folgt das Abendessen, dessen Qualität sich hätte rühmen können, wenn sie nur in bescheidene Nähe eines MITROPA-Speisewagens gelangt wäre. Trauriger Standard zonaler „Interhotels". Von wenigen Ausnahmen abgesehen. Doch bestätigen diese bekanntlich die Regel. Allein der Auftakt der Speisung ließ eine Fortsetzung nicht ratsam erscheinen. Ragout fin. Schweriner Art.

Tatsächliche Hotels scheinen dem Paradies zugehörig. Das sollte man suchen. Anderen Ortes.

Die Nacht schenkte mir seit langem vermißten guten, tiefen Schlaf. Ich fühlte mich scheinbar sicherer, gewiß Autosuggestion. Die relativ große Distanz Volksgefängnis-Punkt A zu Volksgefängnis-Punkt B verhalf mir zu trügerischer Entspannung. Es war bereits ein Wert an sich, zumindest für wenige Tage der bedrohlichen proletarisch-spießigen Karl-Marx-Städter Klaustrophilie entronnen zu sein.

Norddeutsches Sedativum barg mich mit rauhem Charme in schweigendem, vergessendem Schleier.

Werk-Tag. Tag-Werk. Ich durchstreife die Stadt. Mai-Sonne lächelt sanft. Ich folge einem engen, von kleinen Geschäftshäusern gesäumten Weg, deren trostlose Vitrinen allein soeben eingetroffener Räucheraal zu beleben vermag. Ich flaniere die Uferstraße entlang. Gleich einem Fanal leuchtet, weithin sichtbar, der Dom. Gute Orientierung. Ich kann mich seinem Wesen, seinem Ruf, der Magie des Ortes nicht entziehen. Befangen und überwältigt zugleich betrete ich dieses Haus Gottes auf Erden. Es heißt willkommen, umfängt, beschirmt, schützt, spendet Zuversicht. Momente mystischer Kraft. Ich wandle durch kühle Hallen, betrachte mit Wohlgefallen den Hochaltar, schließlich die Blutkapelle. Grabmale der Herzöge Mecklenburgs. Kalte Schauer streifen mit fahler Hand. Heraus.

Südlich des Domes öffnet sich der Markt. Nachdem ich ihn passiert, strebe ich dem Theater zu. Kein Termin diktiert. Dennoch peinigt mich der Zwang unbegründeter Eile. Ich erreiche das Museum, allmählich läßt der Weg das Ziel erkennen. Eine leicht abfallende Straße führt mich zum Landungsplatz der Boote.

Ich nähere mich der Krönung des heutigen Unternehmens. Mit Genuß schreite ich im Alten Garten umher, überquere eine mit ansehnlichen, wehrhaften Obotriten-Rossen dekorierte Brücke und endlich erscheint auf einer mit dem Schweriner und dem Burgsee korrespondierenden Insel, gleichsam wunderbarstem Traum entsprungen, in malerischer, majestätischer Pracht das einstige Residenzschloß. Schloß Chambord nachempfunden verschafft es angenehme Zerstreuung. Elegante, großzügige, helle Türme schmeicheln Himmel und Raum, grüßen das Licht, schmiegen sich daran, suchen seine Nähe und Gunst, sind seine Favoriten. Unter ihrem Schutz umschließen Flügel den Hof, zeichnen ein Pentagon. Über dem Portal thront Niklot.

Danke für geschenkte und verlorene Jahre.

Dunkle Wolken zogen auf, nichts Gutes verheißend, drohend. Morgen retour. Die Trauer meines Herzens, die Schatten auf meiner Seele, jene scheinbar unauflösbare Last, für wenige Tage gewichen, kehrte mit gnadenloser Härte zurück, nahm mich erneut in ihrer kalten, quälenden Hölle gefangen. Rückfahrt geriet zu umgekehrt proportionaler Tortur. Ich fühlte wieder jenen Carotis-Druck, zunächst subtil, bald fordernd.

Die Schlinge des Bösen, welche ich in mecklenburgischer Klausur behutsam, unauffällig zu lösen vermochte, stets ihrem Gifte ausgeliefert, ihrem verheerenden, zersetzenden, ruinierenden Odium, ihrer unergründlichen Macht, zog sich mit jedem Kilometer verlorener Entfernung, verlorener Fata Morgana, alptraumhafter Näherung an KMST, den Höllenschlund, enger. Der Zug fuhr meinem Unglück, meinem Leid entgegen. Kein Detail der Fahrt behielt ich in Erinnerung. Keine Landschaft, keinen Baum, kein Haus, keinen Menschen. Ich starrte in eine dampfende, brodelnde Waschküche, ein Inferno. Überall krochen große Tropfen alte Bleche hinab. Das Atmen fiel mir schwer. Es war heiß. Ich registrierte einzig gleichförmige, dumpfe Stöße. Als ich den Zug verließ, fühlte ich sie noch immer. Zuhause, nach Stunden ließen sie von mir ab. Es blieben Kopfschmerzen. Tagelang. Das Absurde nahm seinen Lauf. Wirrnis. Alles tanzte um mich her. Ich verschlief Monate. Ich schlief sehr viel in dieser Zeit. Ich floh und stürzte in den Schlaf, manchmal wünschte ich, in ihm zu ertrinken.

III. GESPINST

Milder Juni-Morgen. Ich starre auf zur Wiederverwendung vorbereitetes Altpapier. Es wurde wiederverwendet. In einer i h n e n höchst subversiv erscheinenden Sache. Eine sehr spezielle Terminologie umschrieb diese als „Ihr Anliegen". Zur „Klärung des Sachverhaltes" wurde ich vorgeladen. Das „Bürgergespräch" erwartete mich. Am vierten des Monats. Ich fühlte imaginäre Schläge, taumelte ziellos umher. Ich verlor mich in Abgründen, trancegleich. Tentakel der Falle. Kurzzeitiger Lähmung folgte „Ich muß hier raus"-Aktivität. Mechanisch ergriff ich Dvoraks „Moldau". Die Bestie zügeln. Glücklich denken. Zarte Hoffnung nicht verlieren.

Merkwürdiges geschah. Dunkle Ahnungen ließen mich zögern. Ich wollte die Angelegenheit schnell hinter mich bringen, verabschiedete mich: „Bis heute abend." Mysteriös, unwirklich. Insgeheim ließ es mich erschauern.

Der Autobus in die Stadt hatte Verspätung. Ein alter „Ikarus". Kein Gelenkbus. Sonst verkehren hier Gelenkbusse. Im „Ikarus" drängen sich heute noch mehr Menschen als gewöhnlich. Vergleichbar einem Viehtransport. Bis zum Ende, zur Schlachtung, zum Schafott. Der tierische Ursprung des Menschen ist mühelos erkennbar, zuweilen läßt ihn ungenügende Intelligenzbegabung hinter seine Abstammung zurückfallen. Diese aber kompensiert das Manko durch Anmut. Sie malträtieren einander Füße, Gift in den Augen. Sie sollen mir nicht mehr auf die Füße treten, ich will keinen dieser „Wenn wir e s nicht können, sollst du e s auch nicht können"-Blicke mehr sehen. Im morgendlichen Fusel-Dunst den Siegmarer Berg hinab. Der Bus verläßt die Oberfrohnaer Straße, wendet sich nach links, der Zwickauer zu. Nicht gewaschene und weniger gewaschene „Fahrgäste" verkleben mit heftig widerstrebenden sauberen zu unfreiwilliger, scheinbar unauflöslicher Einheit. Ich stand nahe dem Einstieg, langsam begann ich, mich zum Ausstieg zu bewegen. Sei der Bus auch gefüllt, vorn ließ der Fahrer nicht aussteigen. Schließlich war es der Einstieg. Zwischen Sitze geklemmt, blicke ich aus dem Fenster. Nummern ziehen vorüber. Ungerade. 267, 265, 263. Ich bin auf 135 „vorgeladen". Hinter tristen Mietskasernen und Fabriken aus kapitalistischer Zeit rattert ein Kohlenzug dahin. Schwarz, grau, Ruß...

Haltestelle. Ich werde ausgespien. Maschinenlärm dringt aus halbgeöffneten Fenstern des „Volkseigenen Betriebes" Industriewerke. Metallisches Plim-Plim. Brav, ordentlich und sauber sind im Schaukasten folgsame Fratzen auf rotem Tuch affichiert. Eine Überschrift verkündet, daß dies „Unsere Besten" seien. „Unsere Besten" gehören selbstverständlich „der Partei" an. Es handelt sich um acht „Beste", zwei davon weiblichen Geschlechtes. Gewehr bei Fuß, Bonbon bei Jacke, Schürzenkragen gestärkt, Haar getrimmt.

Den Weg zum Rat des Stadtbezirkes West der Stadt Karl-Marx-Stadt säumen Kampfgruppen-Heldenporträts. Auf rotem Grund, braun gerahmt. Wie wahr. Nicht zu verfehlen. Neon-Gang. Klopfen. Warten. Barsche Stimme: „Eintreten!"

Es schlägt mich zurück.

Heute lauert das Rudel. Heute ist es anders. Ich frage nach dem Bearbeitungsstand meines Antrages. Hinsichtlich des „Anliegens", wie sie es nennen, sei nach eingehender Beratung ein Beschluß gefaßt worden. Auf die Frage „Welcher?" erhalte ich machtsatte, von perfidem, feistem Grinsen begleitete, breitsächsische Antwort: „Abgelääähnd". Gelächter folgt. Vor meinen Augen tanzt der Teufel. Ihr Natschalnik frohlockt: „Was machen Se denn nuuh?" Ich starre in sein aufgedunsenes, vom Trinken gerötetes Face und entgegne nach kurzem Zögern, daß ich, wenn ich die DDR nicht verlassen könne, keinen Lebenssinn mehr sähe, komme zu dem Schluß, den sie begehren. Ihr Kalkül triumphiert. Ich habe mich aus der Reserve locken lassen. „Wenn Sie mich nicht ausreisen lassen, nehme ich mir den Strick." Gespenstische Stille, sie sehen sich an, man notiert, einer verläßt den Raum, kommt nach einigen Minuten zurück. S i e verharren mumiengleich. Zwei Männer betreten die Szenerie. Im Unterschied zu dem stets konstant idiotischen Gesichtsausdruck der „Menschen neuen Typus", weisen diese Besonderen brutale Züge auf. Es ist nicht schwer zu erraten, was der Knecht getan. Er hat telephoniert. Er rief jene Kerle, die sich nun als „Angehörige des Ministeriums für Staatssicherheit" ausweisen.

Es folgt stereotyper Text.

Man weiß bereits, wer ich bin. Formulierung verrät.

Frage: „S i e sind Herr Wittig?" Antwort: „Ja."

Verkündung: „Gegen Sie wird jetzt ein Ermittlungsverfahren mit Haft eingeleitet."

Durchführung: „Kommen Sie mit! Machen Sie kein Aufsehen!" Die Tschekisten erheben sich, ich ebenfalls. „Los, vorwärts!" Sie treiben mich vor sich her. Wieder Neon-Gang. Miserable Holztreppe. Nun hinab. Ein hellbrauner „Wartburg" ist geparkt. Der Fahrer startet den Motor. Sie plazieren mich in des Rücksitzes Mitte, von ihnen flankiert. Verwunderlich erscheint die Warnung: „Versuchen Sie nicht zu fliehen! Bei Fluchtversuch machen wir von der Schußwaffe Gebrauch!" Welch' Logik! Aber hier ist nichts logisch. Wie fliehen? Wohin fliehen? Sagten sie nicht, ich solle kein Aufsehen machen? Martialisches Tam-Tam. Die nehmen sich wichtig. Der heimliche Scherz in meinem Kopf erstarrt. Ich bin nicht in Stimmung. Wie wird es weitergehen? Ich habe Angst.

Die Zwickauer stadtwärts. Links abgebogen, den Kaßberg hinauf. Rechts und links der Straße Gründerzeit-und Jugendstilvillen. Oft wunderbar inmitten großer Gärten gelegen, von alten Kastanien umrahmt. Im ehemaligen Privatgrund verkommene Pavillons, geschleifte Pools. Großflächig verglaste Wintergärten als selbstverständliches Accessoire. Zuweilen läßt sich in die Jahre gekommener, allmählich verblassender, morbider Charme bewundern. Allein Gottes späte Gnade vermochte sie niederen, bösen Partei-Insinkten, dem verheerenden Treiben stil-und kulturloser Primitiver zu entziehen.

Die Gegend ist mir wohlvertraut. Ambivalente Jahre der Penne. Noch unter dem Diktat dieser traurigen Zustände verströmen alte Häuser Anmut und Schönheit, märchenhaftes, großzügiges Flair, ziehen in ihren majestätischen Bann. Ich war ihr stiller, bewundernder, dankbarer Betrachter. Sie spendeten einsamen Trost.

Traurige Zeugen verlorenen Lebensgefühls, verlorener Leidenschaft. Medium meiner Tagträume. In eine Straße rechterhand. Der Wagen wird unsanft gebremst. Mein Kopf schlägt auf den Vordersitz, wird zurückgezerrt. Einer faucht: „Raus jetzt!" Gewalt drängt mich zur Tür. Sie packen mich an den Armen. Normierter MfS-Stahlzaun, mit feindseligen, drohenden Zinnen versehen hat Kunst entstellt, vertilgt, eliminiert. Das Original zierten verspielte Blattformen. Klingeln, das Tor öffnet sich mit durchdringendem Summen. Eine Villa im Bauhaus-Stil. Die einstigen Besitzer werden rechtzeitig in den Westen gegangen sein. Ich bin der Strafe später Geburt, mitteldeutschem Zwielicht verfallen. Ein korpulenter, dunkelhaariger Häscher empfängt seine Komplizen: „Ist er das?" Sie bejahen, mit unverhohlener Häme triumphierend.

Man führt mich in ein geräumiges Zimmer. Ein Genosse Hauptmann sitzt hinter verunglücktem Schreibtisch. Ein Tonband lechzt, begehrt Material, das Mikrophon lauert fiebrig, noch Geheimes zu penetrieren. Juni. Sonnenlicht flutet durch Gitter-Fenster, wirft Schatten der Verdammnis. Gern würde ich schwimmen gehen. Unmöglich. Ich sitze hier.

Der Hauptmann übt sich sächsisch-psychologisch: „Das, was Se heude off der Abdeilung Inneres gemachd ham, reicht für mindestens drei Jahre! Was ham Sen dazuuh zu saachen, h e, h e?!!!" „H e" scheint sein Standard-Unlaut. Um unterstreichend zu wirken, beugt er seinen Oberkörper nach vorn, fixiert mich kalt, die starken Arme gespannt. Dieser ist einer, leicht reizbar, Schlägertyp. Es kostet ihn sichtlich Mühe, sich zu beherrschen. Haß, auf Gegenseitigkeit beruhend. Er wiederholt: „He, was ham Sen dazuuh zu saachen? Ham Se ni damidd gedroohd, Se wollnssch s Läähm neehm? Was ham Sen dazuuh zu saachen?" Es folgt das obligatorische „H e???!!!!!!" „Anndwordden Se!!!" Stille. Ich reagiere nicht. Nun kracht Proleten-Faust mit großem Getöse auf den Tisch. Augen blutunterlaufen, Trinker-Face kommunistenrot.

Er brüllte: „Se ham gesaachd, Se wollnssch s Läähm neehm!!! Anndworddn Se gefällichsd!!!"
Ich entgegnete: „Ja. Es ist mein Leben. Oder kann man nicht über sein eigenes Leben bestimmen?!"
Ich betonte die Worte „Mein Leben". Wundersam, er beherrschte sich relativ und sagte mit heiserer
Stimme: „Mir schdelln hier de Fraachen! Verschdanndn?!!" Plötzlich verließ mich die Courage. Ich
fühlte mich schwach, elend, schwebend, seltsam leicht. So hilflos, wie in der Gewalt dieser Leute war
ich mir bisher noch nie vorgekommen. Ich glaubte mich in bösem Traum.
Er ließ sich einen Kaffee bringen, sagte: „Dange, Genosse Loidnannd." Der Leutnant verschwand,
wir waren wieder allein. Er warf mißmutig Würfel-Zucker in Mattschwarzes. Es trat über die Ufer.
Delinquenten erhielten keine Erfrischung, doch auf i h r e Kreationen verzichtete man gern. Er
schlürfte. Plötzlich erhob er sich, verließ das Zimmer. Nach einigen Minuten kam er in Begleitung
eines anderen zurück, forderte mich auf, i h r e Fragen „haarklein" zu beantworten, ließ wissen, daß
s i e ohnehin alles „herausbekämen". „Verschweigen" und „Leugnen" würde mir nichts nützen. S i e
meinten, daß „eine Ausreise" nicht die Idee eines „einzelnen, jungen Menschen" sein könne. S i e
wollten „Hintermänner".
Der Hauptmann befahl: „Se geehn jedse mid deehm Genossn näähmann. Verschdanndn?!!!"
Mehrere große Tische, Schreibmaschinen, Aktenschränke. Ein Typ zum Fürchten. Der Hauptmann
war brutal, aber dieser sah noch schlimmer aus. Er sprach nicht, sondern bedeutete nur mit dem
linken Zeigefinger, daß ich Platz nehmen solle. Dann Fragen. Die Schreibmaschine hämmerte
erbarmungslos, enervierend. Ein starker Raucher. Die Fenster nicht geöffnet. Nach kurzer Zeit
brannten meine Augen, stellten sich Kopfschmerzen ein. Er begann in barschem Ton.
Name, Vorname, Datum der Geburt und Ort derselben, Schulbildung, Beruf... Er wurde
ausführlicher. Fragen, Fragen, Fragen. Ich bat ihn, zumindest ein Fenster zu öffnen. Keine Reaktion.
Im Kopf hämmernde, dröhnende, beißende, metallische Pein, in der Herzgegend stechende,
durchdringende Aggression. Schwindelgefühl, dem Kollaps nahe. Ich bat nochmals. Er fragte, ob ich
„vielleicht" in ärztlicher Behandlung sei oder „eine Schau abziehe". Der Genosse zischte: „Nehm Se
Ihre Pfoohdn dhaah whegg!" Ich erwiderte, daß ich tatsächlich Schmerzen hätte. Er sagte, daß man
mich „'mal dem Psychiater vorstellen" solle und suchte i h r diabolisches Konstrukt zu vernetzen.
„Ihre Älldherrn sin doch Ährdsdhe. Se ham doch beschdhimmd maah fonn dheenh ihrschendwelche
Dabbleddn gegrischd?! Se sin doch grannggh ohdhorr?!!! Se hams dhoch imm Ghobbhe!!!!!!"
Endlich stand er auf und öffnete das Fenster. Die Gitterstäbe ließen sich kaum noch erkennen. Es
war dunkel geworden. Verstohlen sah ich auf meine Uhr. Mehr als sieben Stunden war ich dort. Ich
hatte Angst. Was wird mit mir geschehen? Warum soll ich d a s ertragen, während andere in einstiger
Reichshauptstadt, in München, Hamburg, Frankfurt/Main, Düsseldorf freudvoll elegantes
Nachtschwärmen zelebrieren?! Die Zone hat den Krieg, das divertissement allein verloren. An die
Kommunisten. Menschen zweiter Klasse, Deutsche zweiter Klasse.

Der Tschekist lärmt, unterbricht jäh mein Sinnen. „Dräum' Se ni, hier gibbd's nischd zu dräuhm!"
Wie wahr, denke ich. Wiederholende Fragen-Penetranz. Allein könne ich nicht auf etwas „so
Undankbares" wie eine Ausreise gekommen sein. Er insistiert, ich solle „Hintermänner" nennen.
Erneut weist er darauf hin, daß sie „sowieso alles" herausfinden würden. Als ich erwidere, daß „der
Sachverhalt" mein autonomer, unbeeinflußter Entschluß sei, schreit er wütend. Ich solle ihn nicht
„für dumm" halten. Was nicht sein darf, kann nicht sein. Abweichung wird ausgeschaltet. Existenz
außerhalb vorgezeichneten Betons ist nicht zugelassen. Es zählt einzig der blecherne Tellerrand.
Beschränkter Horizont. Pathologisch.
Eines Tages, wenn der Spuk vorbei ist, werden s i e sagen, daß s i e Fehler begangen haben. In
deutscher Manier wird die Parole ausgegeben: „Schwamm drüber!!!" Die Zerstörten, Gestörten, die
Opfer werden keine Satisfaktion erfahren. Zur Tagesordnung wird man alsbald übergehen. Auch aus
diesem Grund gilt es, zu entrinnen. Nicht lebendig begraben sein im „DDR-Paradies".
Wieder fragt der Offizier nach „Hintermännern", die ihm für das Ausreise-Verlangen unentbehrlich
scheinen, sucht die „politische Einstellung" meiner Eltern zu erkunden. Ich bin des obsessiven
Interrogatoriums leid, antworte nicht, will nicht mehr antworten. Verachtung und Angst
korrespondieren. Verlorene Zustände, Wechsel labyrinthischer Empfindungen. Serviler Lakai. Er
genießt seine kleine Subordinanten-Macht. Stupides Glotzen. Vorsicht: Je dümmer, desto
gefährlicher! Auf mein Schweigen reagiert er nicht mehr laut. Er scheint müde. Ich bin es seit
langem. Eisige Stille. Verstohlen blicke ich auf meine Uhr. Nach zwei. Mich fröstelt. Im Hintergrund
öffnet sich eine Tür. Ich wage nicht, mich umzudrehen.

Nur auf dem Schreibtisch brannte Licht. Eine grelle Lampe. Illumination war nicht ihr Zweck. Diese war entfremdet, suchte einzig zu zersetzen. In ihren Lichtkegel trat eine schwarzuniformierte, bedrohliche Gestalt. Augen farblose Höllenglut, hervortretende Backenknochen, spitzes Kinn, ulceragezeichnete, böse Fratze. Der Uniformierte fragte den Kumpanen: „Ich soll een abhohln. Is er das?" Der Genosse Kumpan hierauf: „Ja. Kannsdn glei midd nühber neehm." Zu mir gewandt: „Jeddse gehds inn dhen Gnasdh. Nuhr noch's Broddogoll ferdsch machn." Zu seinesgleichen gewandt: „Der muß noch hier unnerschreihm." Er deutete auf jene Passage des Protokolls, die einen Zustand attestierte, den der Volksmund mit den Worten „kein Haar gekrümmt" umschreiben würde. Tatsächlich war, Fortuna gnädig, keine physische Gewalt zu beklagen.

„Los, beeihln Se sich! Seddsn Se Ihrn Hugo drunner! Dalli!" Kommandos waren sein Plaisir. Handschellen blinkten. Geschwind vom Koppel. Er befahl, die Hände vorzustrecken. Apathisch nahm ich es hin. Die Behandlung wurde schärfer. Grotesk. Allmählich schien die „zivile" Stasi „ziviler" als die „uniformierte". Ein Handlanger verabschiedete den anderen. Dieser nickte nur. Aufstehen. Umdrehen. Man verband mir die Augen. Ich wurde zu einer Tür geschoben. Fester Griff, Treppe abwärts, dennoch jeden Schritt Angst, zu fallen. Fühlte kühlen Keller. Die Verdunkelung wurde abgenommen. Frische Nacht-Luft. Ein „Barkas" stand bereit. Das Tor wurde geöffnet. Ich wurde angewiesen, auf den Boden zu sehen. Man schloß mich in eine enge Kabine. Es roch nach Plastik-Verschlag. Dünne Luft. Klaustrophobe Zustände. Erstickungsängste. Die Tür drückte auf die Knie. Der Wagen startete, fuhr an. Kurve nach rechts, dann links, wieder rechts. Es war nicht weit. Der Villa gegenüber. Untersuchungshaftanstalt des Ministeriums für Staatssicherheit.

Man hielt. Die Kabinentür wurde aufgerissen. „Los, raus!" Das Aufstehen fiel schwer, Muskulatur verkrampft, Beine eingeschlafen. Ich fühlte mich eingemauert. Vorahnung begrabenen Lebens. Gekrümmt verließ ich den Sitz-Sarg, kroch aus dem „Barkas"-Verließ. Dem Handlanger schien es zu langsam, er schob mich vor sich hin. Flutlicht, taghell. Stacheldraht, Türme, Posten mit Mpi und Deutschen Schäferhunden. Ich strauchelte, fing mich wieder. Rampe. Stufen. Empor. Eine Tür wurde geöffnet. Langer Gang, gekalkte Wände. An eine solche hatte ich mich zu stellen. Gleich Terroristen, Schwerverbrechern. Wie im Film. Hände an die Wand, seitlich hochgestreckt, Beine auseinander. Man tastete mich ab. Sanft wurde nicht verfahren. Ich denke: ‚Das kann nicht sein, das gibt es nicht! Was habe ich getan?!' Alptraum. Keine Zeit, zu grübeln. Die Aufnahme, ähnlich einem Baby-Laufgitter. Metallspinde. Effektenkammer. Ich werde eingewiesen. Empfang.
Vier Uniformierte. Einer sitzt am Tisch, fragt meine Personalien ab, betont, daß alles „seine Ordnung haben" müsse. Der Andere befiehlt: „Ausziehn!" Hierauf entgegne ich ungläubig: „Ausziehen?!" Er: „Se sollnssch ausziehn!" Ich bin fassungslos, abwesend, reagiere mechanisch. Bei der Unterwäsche angelangt vergewissere ich mich, ungläubig: „Alles ausziehen?" Gereizte Antwort: „Ja, was denn sonst?!" Es ist kalt. Aber ich friere aus Ungewißheit, Angst. „Zieh'n Se das an. Ihre neue Gaddrohbe." Es wird lange, graue Unterwäsche und dunkelblauer Trainingsanzug mit grünem, vertikalen Strich gereicht, aus den Schuhen werden Schnürsenkel, von i h n e n „Senkel" genannt, entfernt. Der Körper bebt. Der Effektenverwalter deutet mehrmals auf meinen linken Arm. Ich verstehe nicht, frage. „Nu, Ihre Uuhr brauch mer noch." Japanisches Fabrikat, vergoldet. Erst kürzlich habe ich sie im Intershop gekauft. Kostenpunkt: 250 Deutsche Mark. Getauscht, günstig. Eins zu sechs. Unbedingt solch' eine funkelnde Uhr! Bundesbürger hatte ich damit geschmückt gesehen. In Wahrheit gefiel sie mir nicht, ein aufdringlicher Klotz. Jedoch, sie schien augenfällig Westlichkeit zu signalisieren. Derart paßte sie vortrefflich in mein Spiel. Kurzweilige, angenehme Teil-Befriedigung. Auch die Kleidung war zur Erzeugung dieses Eindrucks unentbehrlich. Es fehlte das Wichtigste: DER GRÜNE PASS. Hier glaubte ich mich ihm ferner denn je. Der Verwalter betrachtete „das gute Stück" genau. Die Uhr schien sein Geschmack. Ich fragte, wann ich mit der Rückgabe rechnen könne. Geduld sei angebracht, in ein „paar Jährchen" würde sie mir wieder zuverlässig die Zeit sagen. Währenddessen würde er, auf meine Rechnung, fachgerecht die Batterien auswechseln. Ich solle mich nicht sorgen, schließlich verstünde er etwas davon. Kaum hatte ich Bettzeug, dessen Zustand allein zu Tristesse Anlaß gab, erhalten, galt es sich erneut zu beeilen. Ein Uniformierter bemerkte, daß hier schließlich kein Sanatorium sei. „Abführen!" Endloser Gang. Gittertür. Man öffnet. Lampen, wie auf antiquierten Bahnhöfen. Wahrlich, ein altes Gefängnis. Weiträumige Halle, hohe Kuppel. Wendeltreppe, schmiedeeiserne Geländer. Nichts verändert seit Kaiser Wilhelms Zeiten. Karussell in meinem Kopf. Hierfür zeichnen nicht allein geheimnisvolle Windungen schmerzlichen Aufstiegs. Seit trautem morgendlichen Frühstück habe ich nichts mehr zu mir genommen. Halte mich fest, an feindlichem Eisen. Ringe nach Luft. Endlich oben. Blick von traurigem „Balkon". Schritte nach links. Noch einmal rasseln Schlüssel. Zelle Nummer 34. Minimalerklärung des Uniformierten: „Se sinn Heffdlingh Fiehrndreißsch Schdrich ehns." Erster Passagier, für diese Tour. Er wagt ein kleines Referat. Stets, wenn der Genosse oder seinesgleichen erschiene, hätte ich mich sofort zu erheben, strammzustehen und die Meldung „Häftling 34 Strich Eins, Hier." zum Vortrag zu bringen. Ich lege das Bettzubehör auf die Pritsche, setze mich auf eine Kante und weiß nicht weiter. Schlüssel drehen sich in Schlössern, irgendwo drinnen, draußen.

Meine Augen maßen den Raum, tasteten karge Wände ab, glitten hilflos über widerstrebenden, harten, kalten Boden. Blieben an ihm haften, starrten, lange, sehr lange. Vergangene Bilder, Stationen meines Lebens zogen vorüber, ketteten sich wirr, unwirklich aneinander. Manches wiederholte sich, anderes entfloh. Eine Reise durch geschlagene Schlachten, verlorene, glückliche. Vertrautes, Fremdes, vertraut Fremdes, fremd Vertrautes, gefallen in bodenloses Nichts. Unsichtbarer Schicksalsarm sog mich in Tunnel der Verdammnis, aus deren würgendem, stählernem Griff ich mich vergeblich zu entwinden suchte. Enge zerstört. Hier empfand man das Draußen als luxuriös, wünschte sich in dessen alltägliche Beschränkung wie Beschränktheit, zumindest bis einem etwas eingefallen war. Die zonale Zwangsjacke hat Spuren hinterlassen. Sie erzeugt Krisen, inflationär. Früher oder später ertrinkt man in ihnen. Oder hat Hoffnung. Kein Leben. Dasein, im gnädigsten Fall Auskommen. Enthirnte Hatz elender Kreaturen im Laufrad. Fixiert. Sklaven der Zeit. Chancen des beglückenden Anderen ausgeschaltet. Persönlichkeit ohne Lizenz. Wer sich (noch) nicht aufgegeben hat, kandidiert für den Parcours um den Großen Preis, bei Erfolg neidisch begafft. Jene können aufatmen, welche die traurige Un-Worthülse „DDR" und damit die Kastratenfrage „Dürfen wir?" hinter sich gelassen haben.

Erschöpft sinke ich auf „mein", aus unhandlichen Teilen mühsam bereitetes Lager, dessen Verfassung von langem Gebrauch kündet. Es erzählt Geschichte, erzählt von Angst und Verzweiflung, verloren im Meer der Tränen. Schreie, ich liege erstarrt, suche mich kaltem Schauer zu erwehren. Schreie. Nein. Eine Sinnestäuschung. Flügelschlagen, das Gurren einer Taube, eines Friedensboten. Gott sei Dank. Ich kann nichts erkennen. Milchglas behindert die Sicht auf die Gesimse vor dem Gitter. Kein Lebenshauch dringt in die Zelle, in dieses Loch im Loch. Handrücken fährt irrlichtern über schweißnasse Stirn. Verliere ich den Verstand? Wie lange werde ich e s aushalten? Dunkle Schritte nahen. Die Tür wird aufgerissen. Obligatorische Meldung. Kommando: „Fertigmachen zur Nachtruhe!" Es gilt, sich zu beeilen. Langsamkeit wird nicht geduldet. Ich haste zum Waschbecken, um überstürzt Körperpflege zu betreiben. Kernseife feuert in den Augen. Ich spüle rasch Wasser nach, erwarte augenblicklich das Erscheinen der Stasi-Knechte. Unter diesen Umständen verletzt Bürsten Zahnfleisch. Das Handtuch streift den Körper nur, orientierungslos, benommen lasse ich mich auf die Pritsche fallen. Und tatsächlich. Schritte. Wieder stehen s i e in der Tür. Weitere Schikanen. Ich habe versäumt, bei ihrem Eintritt aufzustehen. Endlich das Kommando „Nachtruhe!" Die Zone, eine Dressurnummer. Neon brennt erbarmungslos und soll weiterbrennen. Die ganze Nacht. Ich schließe die Augen, suche Schlaf. Es gelingt mir nicht. Gedanken tragen mich fort. Der Mensch in Gewalt des Un-Menschen, des Monsters. Terror, mechanisches Funktionieren. Gegenwart der Drohung. Gegenwart der Strafe. Reduktion der Bedürfnisse auf das Elementare. Im Gespinst. Fern des Lichtes. Unauffälligkeit als traurige, relativ substanzerhaltende, fragile Methode, der sukzessiven Zersetzung auszuweichen, i h r e r diabolischen Macht zu widerstehen. Verhaltensregeln für die Falle. Bis zum Ausweg.

Erneut wußte ich nicht, wer und wo ich war. Gequälte Seele, seit langem. Diese Pein wurzelt in krankem, ignorantem mitteldeutschem Grund. Sie ließ sich nicht gleich bösem Traume aus dem Körper schwitzen, gleich Verdorbenem aus ihm kotzen. Von Fäulnis eingeschnürt, im Schicksal durchängstigten, schlotternden Siechtums, toten Vegetierens hoffnungslos gefangen. Verzweiflung, alkoholisiertes Aufbäumen in erbärmlicher Heimlichkeit familiärer Hinterzimmer verhallt ungehört, gebrochen im endlosen, undurchdringlichen Labyrinth des stählernen Monsters, erstirbt in der Häme, im Gelächter der Gewissenlosen, den gleichgültigen, vernichtenden Launen des Orkus preisgegeben. In der Dunkelheit. Im Schatten der Gestirne.

Mit mir ging es scheinbar unaufhaltsam abwärts. Schemen zogen blutleere Bahn. Sendboten des Unheils. Halluzinationen? Ratten? Ich eilte zu des Loches Loch, schlug wie von Sinnen den Stahl der feindlichen Tür. Elemente nahten drohenden Schrittes, öffneten. Sie begehrten zu wissen, was mir einfiele und deklarierten mich zu psychiatrischem Fall.

Als ich endlich Gelegenheit erhielt, den Grund meiner Reaktion darzulegen, befanden s i e:
„In u n s e r e r Anstalt gibt es nur solche Ratten wie dich und sonst keine."
Geräuschvoll, umständlich verließen sie die Szene. Erschöpft sank ich auf die Pritsche.
Erneutes deja-vu. Zuweilen mysteriös. Mancher Alptraum wurde schauerliche Realität. Im allgemeinen. Nun im besonderen. Sibyllinische Medien fordern Tribut. Wolken jagen einander im Sturme, verschmelzen, zeugen frühzeitig alternde, gepeinigte, von Schmutz entstellte, fahlgraue Nachkommen, die den Keim kommender Gewitter bergen.

Juni. Sommer. Während ich hier drin sitze, sitzen andere draußen. In sonnigen Waldlichtungen, am Wasser, mit Mädchen. Geliebte Brise streicht sanft über den See, erfrischt, belebt. Umspielt das Haar, liebkost, verführt, katzengleich. Gedanken daran waren jetzt unerträglich. Zuweilen glaubte ich, daß in meinem noch jungen Leben a l l e s schiefgelaufen sei. Als hätte sich a l l e s gegen mich verschworen. Verbitterung gegen Gott und die Welt ohnehin. Was gäbe ich jetzt, um nur eine Sommernacht, nur eine Sommernacht in freier Natur zu verbringen. Im Lichte untergehender Sonne über die Staumauer schlendern. Sich in zweisamer Einsamkeit entkleiden. Laue Lüfte um des Weibes Schenkel spielend fühlen. Genießen. Wohlige Schauer begleiten den Gang über steinigen Strand. Nicht selten geht Schmerz dem Süßen voraus. Wir lassen flache Kiesel über das Wasser tänzeln. Sie umfängt meine Hüften. Wir gehen eine Böschung hinab. Atmen, saugen tief den Schatz wunderbarer, von den Aromen der Flora, Fauna, des Harzes, der Gewässer schwangerer Waldesluft begierig, bewußt ein. Es scheint, als würden Geist, Seele, Körper frisch, rein und klar zu neuem Leben wiederauferstehen, erwachen, erblühen. Der Sommer riecht und schmeckt anders. Er sendet eigenen Klang. Seinen Klang. Gar das Rauschen des Waldes ist ein anderes. Die Füße zucken beinahe gleichzeitig, unwillkürlich zurück. Zu dieser Stunde erwartet kühles Naß. Doch, es lockt. Prickeln auf der Haut. Unsere Körper passen sich allmählich der Temperatur an. Es wird angenehm. Jauchzende, glucksende Bekundungen des Wohlgefühls. Schilf. Küsse, Umarmungen, Nähe. Aufsteigendes Divertissement. Schöne Stunden vergehen geschwinde. Aber die Zeit zähle getrost zum Stamme Helix, wer Rettung erhofft. Wann werde ich aus diesem Bunker wieder herauskommen? Hier meine ich, anstelle des Kopfes nurmehr ein Kügelchen auf den Schultern zu tragen. Das Sein auf drei mal zwei Meter gepferchtes Nichts reduziert. Krudeles Gefühl, als wäre der Geist auf Erbsengröße geschrumpft, dem bösen Scherz widerwärtig, fratzenhaft nahe. Noch schien es, als spiele die Wahrnehmung einen Streich, gaukele etwas vor. Oft habe ich verzweifelt in den Spiegel über dem Waschbecken gestarrt und in die Haut meines Gesichtes gekniffen. Tatsächlich, es schmerzte, war zweifelsohne echte Empfindung, existierte. Ich sah tief in meine Augen. Die Pupillen weiteten sich. Ein Zustand hatte erneut Bestätigung erfahren, wurde schreckliche Gewißheit, schreckliche, scheinbar unumkehrbare Tatsache. Ich saß fest. An dieser Erkenntnis führte kein Weg h i n a u s.

Ich habe mich in meine Innenwelt als letztem verbliebenen Fluchtpunkt zurückgezogen. Hierher können sie nicht, glaube ich. Dieser Glaube war Illusion. Es gab kein Entrinnen. In diesen schrecklichen Gefilden wurde stets überwacht, verfolgt, aufgespürt, gefaßt, zur Raison gebracht. Ich sitze auf der Pritsche, starre vor mich hin. Die Uhr wurde, wie alles andere abgenommen. Zur Orientierung blieb eine in der Nähe befindliche Kirchenuhr, die mir tiefgründig vermittelte, daß Stunde um Stunde verging. Ich sitze hinter dicken Mauern aus dem letzten Drittel des Neunzehnten Jahrhunderts. Das Gefängnis wurde von französischen Gefangenen des Krieges 70/71 errichtet. Ich starrte auf kahlen, freudlosen Beton und fragte, warum ausgerechnet ich solch unerhörtes Pech habe, während Fortuna unzähligen Schweinen auf dieser Welt in unverschämter, gar obszön zu nennender Manier hold. Der Stein blieb stumm. Mein Traum schien verloren.

Ich liebte und liebe die Anarchie.

Hinter diesen Mauern begann der Tag, wie er immer begann. Da ständig Neonlicht brannte, fiel das Aufstehen nicht sonderlich schwer. Etwas Oberflächliches, das entfernt an Schlaf erinnerte, war beendet worden. Gellendes Kommando des Stasi-Aufsehers: „4 Uhr 15. Nachtruhe beenden!" Herunter von der Pritsche. Erneut war Tristesse gegenwärtig. Der dürre Halm der Hoffnung, an den ich mich verzweifelt klammerte, schien endgültig gebrochen. Ich stellte mir viele Fragen. Was ist, wenn ich hier zerstört werde, auf der Strecke bleibe, und schließlich die Zeit gegen mich arbeitet? Ich werde älter. Die wertvollsten, schönsten Jahre des Lebens gehen unwiederbringlich verloren. Alt wird man von allein, da muß nicht nachgeholfen werden. Das Leben ist erschreckend kurz, die Jugend furchtbar kürzer, umso kostbarer. Man meint, nicht mehr am Leben zu sein, empfindet nichts mehr. Bald wird nurmehr die Grube ersehnt. Angst, gänzlich zu scheitern, verbreitet sich. Lebens-Bilanz wird gezogen. Was hast du vom Leben gehabt? Vor allem Ängste, Qualen, Leiden und seltene, zuweilen zweifelhafte Vergnügen.

Wann würde Eingesperrtsein enden? Schnell war man „in Ketten", umgekehrt galt für gewöhnlich das Gegenteil. Ferne, aber dennoch wunderbar stark verankerte Hoffnung lebte in mir auf. Ich fühlte mich zum Beginn eines Ausweges geführt. Keine Befreiung von täglicher Mühsal, aber mögliche Rettung vor dem Abgrund. Erstmals in meinem Leben spürte ich eine Verbindung zu unendlicher, beruhigender Kraft, zu nicht diesseitigem. Niemals zuvor hatte ich daran geglaubt. Angst löste sich auf. Ich fühlte von Gutem zu Gutem gesteuert zu werden. Schemenhaft erschien Kommendes, reihten sich Gedankenschritte, die mich der Erlösung näherbringen sollten.

Begierig wartete ich auf den Hofgang. Allerdings konnte von „Hof" keine Rede sein. Es handelte sich lediglich um verzögerten Bewegungsablauf, eine kleine Reise, in Verlorenheit dankbar köstlich empfundene Abwechslung. Ja, dieser erbärmliche Ausflug ist kostbar zu nennen, auch wenn das hinter massiver grauer Metalltür liegende Betondreieck nur ein winziges baumloses Stück Himmel freigibt, das zudem maschendrahtzerstückelt ist. Es ist mein seltenes, einsames Freudchen. Zu Freude jedoch, gereicht es nicht.

Sonst existiert nichts, das erlaubte der Welt Witterung aufzunehmen. Alpträume atemlosen Taumels durch scheinbar endlose Neongänge, drohende Gittertüren, alte, schmiedeeiserne Treppen hinab in das Gedärm, die labyrinthischen Windungen dunkler, feuchter Keller, Verliesen gleich. Dort lauert der Vernehmer, in Fragen gekleidetes Gift der Hinterlist, Lüge, Niedertracht, Intrige zu injizieren, um systematisch, sukzessive der Vernichtung des „Gegners" näherzukommen.

Trost spendet allein der Gedanke, daß man nicht der einzige Insasse dieses verfluchten Hauses ist. Daß auch draußen Menschen sind, die Gleiches empfinden, trotz allgegenwärtiger Angst versuchen, ihr nicht zu verfallen. Es wird zu deprimierendem, traurigem, hoffnungslosem, einsamem Zeichen angesichts brav defilierender, willfähriger, feiger, bequemer Jubel-Massen. Auf Tribünen nehmen Verbrecher Huldigungen ihrer Sklaven entgegen, wie dies Verbrecher zu tun pflegen. Sie haben Übung darin. Verzweifeln läßt die kalte Präsentation ihrer Macht und der Sicherheit ihres Besitzes.

Fingerabdruckpaste, made in U.K.. Das Verhängnis nimmt unaufhaltsamen Lauf, entwickelt eigene, dunkle Dynamik. Es kennt weder Wahrheit noch Gnade. Zynismus ist sein Plaisir.

Erkennungsdienstliche Behandlung. Photographien auf Drehstuhl. Profil. Frontal. Für i h r e Kartei.
Abdrücke der Finger sowie der unteren Handfläche einschließlich des Ballens.
Anstaltsarzt. Aufnahmeuntersuchung. Feststellen der Körpergröße und des Gewichtes. Stethoskopie
und Palpation. Erfragen eventueller vorheriger Krankheiten.

Wieder irrwitzige Meldung: „Häftling 34/1...". Und, und, und. Wieder vergehen Stunden sinnlosen Wartens, begleitet von der Frage, ob es sich überhaupt lohnt, auf „etwas" zu warten, wovon man nicht einmal weiß, ob es „das" oder „irgendetwas" ist. Die Kirchturmuhr der Nähe schlug gut vernehmbar Neun, als die Zellentür geöffnet wurde, und sich, wie ich glaubte, die nächsten verhaßten Runden des Vernehmers ankündigten. Der Ablauf unterschied sich in keiner Sequenz von vorherigen. Eine günstige Wendung ließ sich auch bei höchst positiver Denkweise nicht vermuten. Der Auftakt des „Gesprächs" mit dem Vernehmer deutete tatsächlich auf keine Verbesserung meiner Lage hin, geschweige denn konnte baldiges Wandeln außerhalb dieser Mauern erwartet werden.

Es ging in den Keller. Er stellte seine stereotypen, ekelsatt bekannten, stupiden Fragen. Das kleine Arschloch möchte in ihrer Hierarchie ein mieses Stüfchen steigen. Er mißtraut meiner (taktischen) Rücknahme des Antrages. Ich will erst hier heraus. Dann suche ich intelligenter zu planen. Er wittert, will fündig werden. Seine Führer und die sie Führenden haben es gefressen, er nicht. Doch er fügt sich. Strafe der Kleinheit. Ich blieb verschont, in seine Fallen zu tappen. Er wollte mich der inneren wie äußeren Vernichtung zuführen, die der Strafvollzug, wäre es zur „Anklage" gekommen, für mich bedeutet hätte. Unerwartet erfuhr ich Glück im Unglück. Plötzlich sagte er: „Sie können heute nach Hause gehen. Ihr Vater holt Sie in zwei Stunden ab."

Er sah mich durchdringend an, registrierte wirkliche Überraschung. Gut, in entscheidenen Momenten passend zu reagieren. Der erste Teil meiner Strategie hatte funktioniert.

Konnte ich es glauben oder sollte ich einer Täuschung erlegen sein? Triumphierte die Zermürbung? Bestätigte wundersame Ausnahme niederträchtige Regel?

Die Ereignisse folgten bald der Ankündigung. Bald, aber nicht sofort. Dieses „nicht sofort" konnte ein Zurück in die Abgründe bedeuten. „Nicht sofort" implizierte, dem Häscher, dem schakalischen Lakaien Gelegenheit zu letzter Heimtücke zu geben. Insgeheime Euphorie reduziert Konzentration. Er lauert auf seine kleingeistige Chance. Und tatsächlich habe ich Bettzeug und bescheidene Gegenstände der Toilette in eine andere Zelle zu tragen. Welchen Sinn birgt dieses Theater? Hat mich der pseudolinke Servile schließlich doch gelinkt? Bin ich einer Täuschung erlegen?

Während ich sinniere, betreten weitere Gestalten den Raum und fordern zum Mitkommen auf.

Der Vernehmer sah bedeutungsvoll in den Raum, als wolle er etwas Besonderes aufsparen, dem bei passender Gelegenheit freier Lauf zu gewähren sei. Atmosphäre unheilvoller Spannung. Die Firma gab vor, nicht nur etwas zu wissen, sondern über alles im Bilde zu sein. Andeutungen fiktiven Herrschaftswissens. Präsentation unmöglich, da substanzlos, inexistent. Ein Bluff. Doch das wußte ich nicht. Man hätte eine Hausdurchsuchung vorgenommen. Sie rieten mir zu reden, da sich ein Geständnis positiv auf die Gestaltung des Strafmaßes auswirken würde. Ich überlegte fieberhaft, suchte ihre tatsächliche und vermeintliche Nachrichtenlage zu analysieren, um schließlich zu entgegnen, daß ich bereits alles gesagt hätte. Breites Grinsen feister Fratze. Augenfällige Verärgerung vermochte es nicht zu kaschieren. Diese wuchs, als ich um Bedenkzeit, in der vielleicht noch Unerwähntes einfiele, bat. Man brachte mich in die Zelle zurück. Auch sie benötigten eine Denkpause.

Nächste Runde. Ich fühlte mich ratlos, hilflos, trostlos. Als wäre ich in einen tiefen, dunklen Brunnen gefallen, chancenlos jemals wieder aufzutauchen. Gewiß, es würde sich in meinen Räumlichkeiten reichlich Niederschrift des Hasses und der Verachtung für diese Verbrecher finden. Der Lakai schilderte mit Genuß, Paragraph für Paragraph, nota bene: ihre Paragraphen(!), wie Jahre verrinnen würden. Und auch das Danach hatte er nicht vergessen. Wie sollte er? Es bereitete ihm Freude. Er schilderte vielfältige Wiedereingliederungsmöglichkeiten in die sogenannte Gesellschaft. Selbstverständlich mit Auflagen. Im großen Stil. Er ließ mich wissen, daß allein sie über Richtig und Falsch entschieden, betonte diabolisch, daß ihre Gesetzgebung entsprechend objektiver Gegebenheiten und Erfordernisse gestaltet sei, falls zweckmäßig, veränderten Bedingungen des Klassenkampfes angepaßt und nicht befriedigende Punkte korrigiert würden. Sie fühlten sich sehr sicher. Wohlgefällig spielten seine Wurstfinger mit Verfassung und Strafgesetzbuch der Diktatur. Besagtes Material hatte man mir bei Einlieferung in diese Anstalt abgenommen. Ich hatte es eigens zu prophylaktischer Präparation der Behördengänge käuflich erworben. Ich verband damit die Illusion, auf diese Weise drohendem Ungemach angemessener begegnen zu können. Der Vernehmer lachte spöttisch. „Se hamm woh ghädachdh, unnsher Schdaahdh haddh whas iebhersähn, whas Se geechen unns vhorrwännden ghönndhen, wo Se dhuurchschlibbfen ghönndhen, hä?! Unn shälbbsdh, wmmer whas iebersähn häddhn, wirddhe Ihn dhas ooch nischdh niddsn. Mihr hamm dhe Machdh unn whär rhausghommdh unn whär nih, bäschdhimm mihr unn sonnsdh niehmannndh, vhorschdhhanndn?!!" Geruch von Linoleum und aufdringlicher Wandfarbe erfüllte das Zimmer. Auch frisch gebrühter Kaffee für die Genossen vermochte gegen dieses Übel ausnahmsweise nicht zu obsiegen.

Der Tag schien bar besserer Wandlung meines Schicksales sinnlos zu verrinnen. Erwartungsloser Dämmer, der nurmehr ewiges Ende, ewige Ruhe als letzte Möglichkeit des Leidens-Ausstiegs ersehnt, als das Einzige empfindet, wofür es noch lohnt, ungeduldig Geduld aufzubringen. Ich ahnte nicht, daß sich allmählich, verschwommen verwoben, der Beginn einer Wende zu vorerst Gutem abzeichnete. Ich starrte zur Tür. Zustand eigentümlicher Entrückung. Einer der Ihren erschien. Zu meinem Erstaunen pflegten sie plötzlich zivilen Umgangston. Es hieß nicht barsch, wie sonst üblich, „Middkomm!", sondern „Komm Se bidde midd." Ungläubig stand ich der neuen Lage gegenüber. Gedankenversunken, umständlich, mechanisch kleidete ich mich an. Ich fühlte wundersamen, sanften Nebel, spürte die Richtung des Kommenden, dessen berauschende Freiheitsschwingen mich tragen würden. Gleicher Weg, wie immer. Kein Ende des Trottes. Endlich Abweichung. Es lebe die Abweichung! Ich pries sie, ohne zu wissen, was sie bedeutete. Eine andere Zelle wurde geöffnet. Das Geheiß, erneut ein Lager zu bereiten und das allgegenwärtige miese Wandschränkchen mit wenigen bescheidenen Toilettenartikeln und Naturalien zu bestücken, zerstörte den zarten Keim neuer Hoffnung. Stunden vergingen. Encore un fois. Abwärts. Wieder in den Keller. Stufen symbolisieren Zustand, symbolisieren Hierarchie. Flure. Türen. „Halt!" Man wies mich in ein kahles Zimmer. Darin einzig Einfalt. Verirrte Stühle in Parteifurnier-Look. Deckchen. Bieder. An einer Wand das obligate Duo Honecker-Stoph. Gegenüber ein Porträt des Genossen Wladimir Iljitsch Lenin. Weiteres Sinnieren wurde nicht vergönnt.

Balgen um Reste der Partei-Tafel. Prämie des Kojoten. Ertrag hündischer Gefolgschaft. Sie wähnen sich als Teil vermeintlicher „Arbeiter-und-Bauern-Macht". Fiktion. Allein einfältiges, unterdrücktes, benutztes, kontrolliertes, ausgesogenes Werkzeug des Apparates, einer Mafia neuen Typs. Zum

Zwecke ständiger Verfügbarkeit, Abrufbarkeit, Greifbarkeit des Sklaven installierten sie ein System der Angst, Botmäßigkeit, Dienerschaft, Subordination und Gebrochenheit. Justiz, die den Namen nicht im Ansatz verdient, fungiert als machterhaltendes Disziplinierungs-, Ausschaltungs-und Vernichtungsinstrument. Die Masse sichert den Lauf ihrer perfiden Mechanik. Bautzener Winter garantieren ungestörte Luganer Sommer. Devisen werden an Orte sicheren dividenden Schlummers verbracht. Für den Tag X.

Der Vernehmer teilte mit, daß man eine Hausdurchsuchung durchgeführt hätte. Was sollte ich von dieser Eröffnung halten? In jedem Verhör verbargen sich Finten. Bisher war es gelungen, sie mittels unergiebiger Entgegnungen und Schweigen zu parieren. Da nicht fündig geworden, hofften sie zu entlocken. Die Tür fiel geräuschvoll. Gellender Nachhall in verfluchten Korridoren. Allmählich verlor er sich, verstummte. Zwei andere traten ein. Erosion der Kraft, des Willens, der Hoffnung, des Verstandes. Verheerende Irrationalität bot dem Dämmer zerstörend Einlaß. Alles schien verloren, das Ziel in unwirkliche, groteske Ferne gerückt, jede Anstrengung lächerlicher Ausweglosigkeit preisgegeben. Es blieben einzig Verlassenheit und Leere. Doch ich sollte die Frucht eines unbewußten, von der Vorsehung gesandten Winkelzuges ernten. Die Neuen führten mich durch Gänge fort. In einen alltäglicheren Trakt. In kleinbürgerliche „Dienst"-Zimmer. Westlich Getarnte empfingen. Die Pseudo-Revolutionäre ließen sich an geschmacklosen, schmierigen, befleckten Schreibtischen von spießigen Kraftfahrer-Parolen des Klassenfeindes begleiten. „Komm gut heim." Solch Zynismus läßt Leben zur Last werden. Ich erhielt meine Effekten zurück. Komplett. Status Einlieferung. Nur das Ihre behielten sie. Verfassung und Strafgesetzbuch der Zone.

Das Unwirkliche begann wahr zu werden. Sie führten mich nach draußen. Vorbei an der Rampe nächtlicher Verbringung. Präludium elementarer, substantieller Demütigung. Fort von hier! Das war zunächst das Wichtigste. In Ruhe konnten überlegte Schritte folgen. Ich hoffte, sie würden mich bald westwärts führen, vermeinte, Rechtlosigkeit, Entmündigung, Lüge, Angst, Fäulnis, Totenruhe des Großen Gefängnisses, dieser Mißgeburt, der Schande des Proletariats zu entkommen.

Der muckt nicht mehr auf. Ausgemuckt. Dachten sie.

Über die Straße. Noch einmal in die ihres Stiles beraubte Zwanziger-Jahre-Villa, Zwischenstation dieser Odyssee. Nach Läuten und nur ihnen verständlicher Terminologie, ihrem spezifischem Gelatsch, wird Einlaß gewährt. Als erstem von hiesiger Filiale der Firma Horch-Gugg-und-Greif begegne ich dem Offizier, der mich einen Monat zuvor verhört hat. Er triumphiert. Alles scheint sich zu entziehen, zu entfliehen, zu entgleiten. Ebendieser teilt mir mittels drastischer Mimik und Gestik unmißverständlich unterstrichen mit, „daß man bis zur Renndhe nischdh mheer fhonn miehr höhrn" wolle. Die Sterne standen ungünstig. Scheinbar.

Ich erkannte Vaters Wagen bereits in Distanz. Stechend „atlasweiß". Heute war er pünktlich. Wir nahmen uns in die Arme. Verhalten. Jetzt kein falsches Wort. Permanente Observation gefühlt. In seinem Blick Freude mich zu sehen, gleichzeitig Verzweiflung, bar des Ausweges. Bitterkeit.

Nach Ankunft und Muttertränen stimmungslose Kaffeetafel, Marke „goldener Käfig". Kuchen, Conditorei-Provenienz, frische, knusprige Bäcker-Brötchen, starker, heißer Kaffee. Nach einigen Wochen Knast lernt man die Bescheidenheit des noch einmal Davongekommenen. Auch im trauten Heim fühlte ich den Schatten des Gefängnisses. Die Ausgeliefertheit ließ nicht los, wirkte fort. Was nützte es, daß ich „draußen" war. Es existierte kein wirkliches „Draußen", es existierte ein „Draußen-Drinnen". Paralyse der Haft folgte Paralyse des Zivilen. Abgründe der Hoffnungslosigkeit, teuflisches Dunkel gierigen Höllenschlundes, Hilfloses ohne Gnade verschlingend. Jenseits rettender Eingebung, fern rettenden Ufers.

Tage wagte ich nur, mich in Haus und Garten aufzuhalten. Häscheraugen, tatsächliche wie vermeintliche, brannten im Nacken. Bemüht, nicht aufzufallen. Dabei war man es längst. Spannung, die Explosion ersehnt. Vernichtend, tabula rasa. Endlich Ruhe. Genuß der Stille. Es ist unmenschlich und damit nicht genug. Es setzt sich fort, wird unerträglicher, unmenschlicher. Wähnt man das Ende, ist es längst nicht erreicht. Erstaunt gewärtigt man, was die Kreatur zu ertragen vermag.

IV. FATA MORGANA

„RIAS BERLIN- eine freie Stimme der freien Welt." Ich bevorzuge RIAS. Transporteur und Inkarnation westlichen Lebensgefühls. Zumindest vermeine ich dies zu erkennen. R undfunk I m A merikanischen S ektor, Fossil siegreichen Krieges. Wunderlich und wunderbar zugleich. Gewiß, Relikt. Doch (noch) n i c h t anachronistisch. Auch nicht zuweilen. So vermeinen s i e. Im Äther das Knistern der alten Reichshauptstadt. Kein provinzieller bayerischer Dreier. Die Metropole sendet nächtliche Botschaft, fernstolzen Rhythmus. Psyche hat befohlen. Pretiose Geheimnisse. Ende der Demütigung. Ende des Niedergangs, Ende personaler Reduktion. Wiedergeburt des Charakters. Ich lausche einem Draht aus dem Beton, lausche dem Westen, tauche in privilegierte oder qualifizierte Konversation tatsächlicher wie vermeintlicher Bohémiens. Mitteilung gegenwärtiger Temperatur in Dahlem. Drinks unterkühlt gereicht. On the rocks. Entrückte Club-Atmosphäre. Distinguiert. Hier werden Fehler der Vergangenheit nicht Teil, gar Bestimmung der Ewigkeit.

Ich glaubte, zu versäumen. Es brannte. Schöne Ahnungen. Es begann zu schillern. Ungesehen. Elektrisierender, bizarrer Rausch. Labyrinth, Droge deutscher Geschichte. Myriaden der Verheißung. Insistierende Persekution. Hintergründiges, Subkutanes, Morbides, Anarchisches lockte. Schwingungen des Orkus. Odium des Tunnels. Dröhnen entfernter S-Bahnen. Nacht-Verkehr. Nachhall. Vagabundierend, flirrend, leuchtend. Der Stadt Äther sog, zog. Sequenzen vermeintlicher Glückseligkeit, vermeintlicher Erlösung. Fragil, in Kilohertz. Elektrizität zeugt Fühlung. Indifferente Wahrnehmungen? Betörende Sirenen? Phantasmogorie? Arktisches Arkadien existiert nicht. Dachte ich. Medium schlägt Link. Taucher des Raumes. Sphärische Diffusion sprengt ummauert ferne Nähe, schenkt nächtlichem Flaneur magische Ku-Damm-Passage. Wandlung waltet zuweilen wunderbar. Dumpfe, geifernde Massen-Meute abgehängt. Hinweg die Kläffer.

Sperrig-lederne Ohrmuscheln vereiteln Rekreation. Insuffizientes Erwachen. Strangulierende situative Konditionen vergällen Erzgebirgs-Belvedere. Ranküne.

Wunderbar, sich stets von Divertissements jeder Art zugeneigt begleitet, relaxed-brillantiner Leben zu erfreuen. Glücklich, wer Hirn und Sinne, Wurzel und Genuß zu vermählen weiß. Nicht von Tristesse verfolgt, diktiert, gefangen gar zu werden, nicht an Lüge, Ignoranz, Enge zu ersticken, darin zu verkommen, wahnsinnig zu werden. Schluß der hoffnungslosen Fluchten, donquichoter Suche, Sisiphos ohne Unterlaß, Heere der Chimären. Zerstört und zerstörend, wer in der Stätte der Geburt nicht heimisch geworden, weil daran gehindert. Zu lange, man ist e s leid, Erschöpfung verschlingt. Doch: Kein Aufgeben! Triumph des Widerstandes! Kreation mystischer Kraft Quelle. Seelenfrieden. Rettung. Finden. Lebendig! Trost oder Verheißung? Halte fest, nächtens am Firmament, k.u.k. selig, heurig.

Vampirisches Konstrukt triumphiert. Pathologische, verschlagene Ausgeburten. Stupid paranoid, lauernd. Abrechnung wartet. Oder ist sediert. Schmerz im Dämmer. Das lähmende, zersetzende Gift der Gemeinheit, der Gewöhnlichkeit, der Diktatur. Serviles Défilé willfähriger Masse. Perverse Potentaten-Defäkation. Kultisch goutiert. S i e werden die Kloake nicht versiegen lassen. Bis s i e e s nicht mehr treiben können. Bis zur bitteren Neige, zum letzten Unmöglichen. Verkommen verloren. Rien ne va plus. Ende falschen Jubels, Ende der Rechnung ohne Wirt. Feist umkrenzte Würfe strangulieren die in der Grube zur Grube Verwunschenen. Paralysiertes zonales Treibgut. Verwoben im Geschlinge von Herkunft und Vergangenheit. Alte Schatten. Gefangen, zerschlagen in fatalem Odium, fatalem Magnetismus, fataler Mechanik. Injektion. S i e zirkuliert in Geist, Körper, Blut. Imprägniert, infiltriert, kontaminiert, konditioniert, determiniert. Verhängnisvolles Kraftfeld, verhängnisvolle Koordinaten. Macht verfolgt.
Ranzige Metastasen alter Tumoren dunkeln Zukunft. D a s Präparat wirkt fort. Auch westwärts. Gelingen d e r Zeit Wunder? Adieu der Persekution. Wem gelingt es, sich i h r e r zu entledigen?! Entstellte, Entseelte finden Lust am Untergang. Suchen sie zu zelebrieren, zu kultivieren. Sog verfluchten, verwunschenen Tunnels. Ohne Licht, ohne Wiederkehr. Ohne Hoffnung, ohne Erlösung.

Observation. Permanent, penetrant. **Die Genossen** lechzen nach Strafe. Es gilt, den Unbotmäßigen, den Herren Ausreiseantragsteller, das Doktorsöhnchen, zur Raison zu bringen. Was bildet der sich ein? Der hat doch noch nichts geleistet, dieser junge Spund, der muß sich im Leben erst einmal bewähren, heißt es. Unbedingtheit des Schicksals. Fordert Torturen, zuweilen scheint, es dürste nach ihnen, fände gar Gefallen. Grausame Unendlichkeit beschieden? Bar glücklicher Erlösung? Sirenen. Arktisches Arkadien, Totgeburt. Witterung. Fährte. Alte elektrisiert Weltkriegs-Erinnerung. Faszinosum. Blasse Gegenwart verbannt in ewig Dunkel. Ich will Levante. Dinarische Effekte.

Erneut ausweglose Promenade in hundsgemeinem, zermürbendem, zersetzendem Ausreise-Warte-Stück. Sauber-Schürzchen-Hausfrauen in Mittagessen-Präparation. Wieder vorüber an **e u r e n** verwurmten Gartenzwergen-Steingärtchen, bald gesellt sich Schreber-Monotonie hinzu. Und so weiter. Immer dasselbe. Tag für Tag. Gespinst gezwängter Lügen. Enthirntes Glotzen aus Fett-Suff-Schlitzen. „Gudden Daahch." „Gudden Daahch." „Gudden Daahch." „Wieeh geehhds?!!!" **S i e** wissen es! Seelenloses, indifferentes Palaver. Seit langem ist mir auch taktisches Lächeln abhanden gekommen. Abneigung, viceversa. **S i e** sind mir unerträglich, wie ich ihnen. Bei schönem Wetter legt **ihr euch** rotgekästeltes Plüsch unter aufgequollene Ellenbogen, belästigt morsche Fensterbretter, bröckelnde Gesimse, säumt vermeintliche, vergebliche Ehrenplätze. Spießrutenlauf. Passiere Putzi-Putzi-Puppenstübchen, mitteldeutsche Disneylands. Versprühen Gift, suchen Fallstricke zu legen, sich am Scheitern zu delektieren. Endlich. Felder, Wald, Aufatmen.

Zirkusgäule. Zeigen sie sich widerspenstig, bleibt Zucker aus. Einzig Brave werden versüßt. Aber nur ein wenig. Sie sollen nicht auf den Geschmack kommen, nicht gleich wilden Artgenossen durch die Camargue fegen. Natürliche Bestimmung suchen und finden. Oder ein Dasein voller Mühsal und Pein. Die Sinnfrage wird gestellt. Antworten lauten: Zumindest Grabsteines Zier. Bis zur Auflassung, die auch bei gutem Willen nicht unterbleibt. Antiquierter Ton, verlorene, dennoch angestrengt gespielte Etikette bilden grotesken Kontrast zu den „Normen des gesellschaftlichen Zusammenlebens" zwischen Kap Arkona und Fichtelberg. Spießige Schizophrenie. Straßen werden sauber gekehrt, Gartenzäune erhöht, verstärkt, gestrichen, Rasen zur Unkenntlichkeit geschoren, Vehikel poliert, FDJ-Hemden gebügelt, zu „Jugendweihen" getrottet, kurzum, mitgemacht. Das Regime funktioniert durch Enge und produziert dieselbe. Enge ist sein Existenz-und Überkommens-Elixier. Allein erahnter Horizont birgt Gefahr für i h r e n verlogenen, faulen, kranken Bestand. Dem Teufel, was i h m gebührt. S e i n Gift, s e i n e Brut. Noch ist der Fluch nicht stranguliert, er stranguliert die Ausgelieferten, Verdammten, von allem Verlassenen und deshalb Verlorenen. Die in den Katakomben. Die Hinabgestiegenen. Die Gefallenen. Es gilt, Guillotine zu guillotinieren. Ich schlafe im Neon. Doch ich schlafe. Ich bin der Waldläufer. Das bringt Luft. Vorbei an Panzergräben des Weltkrieges Nummer Zwei.

Amerikaner hatten sich eingegraben. Hinter des Waldes Saum, die Straße flankierend. In dieser Straße erwachte mein Ich. Wäret ihr geblieben, das Dunkel zu beenden. Wir hätten mit euch Glenn Miller gehört. Auch uns hätte neues Weimar erreicht. Der Bonner Umweg obsolet. Doch, man hat erneut gezwungen. Ihr hättet es verhindern können. Nach therapeutischer Mission transatlantischer Rückzug. Freunde nisten nicht im Pelz. Ein Platz unter der Reichshauptstadt Sonne, Berliner Luft in prestigeschwangeren Nüstern an Vierundvierziger Londoner September-Kaminen legte betäubenden Schleier der Verlockung auf amerikanisches Hirn. Wir wurden geopfert. Für einen Appendix. Der Preis ist hoch und wird bitter gelöffelt. Wir löffeln allein. Pacta sunt servanda. Endkampf-Halbwüchsige, sinnlos zerstörte, betrogene Leben. Götterdämmerung, in Schicksale gebrannt.

Wenn mein Weg an den weitverzweigten Textilfabriken des vermeintlich „Volkseigenen Betriebes", gekürzelt „VEB", „Polar" vorüberführte, gewahrte ich seit vielen Jahren in überdimensionierten Lettern, Rotgrund obligat, die standhaft unveränderte Parole „Alles für das Volk, alles mit dem Volk."

Viel Volk auf einmal. Wohlweislich war nicht davon die Rede, daß etwas „durch das Volk" geschehen solle, sondern allenfalls „mit dem Volk" und „für das Volk". **Sie** verfuhren nach ihrem Rezept „für das Volk" „mit dem Volk". Tatsächlich geschah mit der Masse, der Manövriermasse, etwas. Es bedurfte keiner großen Mühe, sie zu disziplinieren. Zum Schweigen gebracht, gedemütigt, insgeheim der Lächerlichkeit preisgegeben. Mafia, Marke SED, Block inklusive. Ewig haltbar, a l l e s überdauernd, da von Judas gebraucht. Warum lassen s i e es sich gefallen?!

Heere neuzeitlicher Sklaven, das dolce vita der Natschalniki finanzierend.

Millionen freiwillig-unfreiwilliger Masochisten, Bravnummern, die sich privat und an Biertischen Wunden lecken, versäumten Gelegenheiten nachtrauern, gelegentlich ihrer Angst und dem Abschied der A n d e r e n verzeihen.

Wen interessieren die an Seele, Geist, Körper Zerstörten??!!! Namenlos vergangen.

Ausgespien von Bahnen des Untergrundes wie des Oberirdischen, von Omnibussen et cetera, und wieder geschluckt. Zu gewissen Zeiten. Lächerlichkeit bleibt nicht ohne Wirkung. Gewimmel wird Masse. Das Knäuel verweilt vor Vitrinen, begibt sich in Gaststätten. Belanglosigkeit. Aus einem Guß. Was sie sich nicht alles erzählen. Einer sei besser als der andere. Viel erlebt, noch mehr geleistet. Widerspruch in sich. Wer bietet mit?

Bäuche gefüllt mit dem Fleische der LPG Dhierbroddhugxjohn. Hirne vernebelter als üblich. „Willdnhorr". Blicke, an den properen Backen der Bedienung verfangen. Schwarzrock, weiß bewedelt. Wie gut es uns doch geht. Jeder hat sein Auskommen. Keine Arbeitslosigkeit. Ruhe, Ordnung, Sauberkeit, und, last but not least, Sicherheit. Was noch nicht gut, das wird besser. Irgendwann. Nichts sei verloren, vorbei oder gar sinnlos.

Brigadefeier, durchsetzt von SED. Einige davon sind ganz in Ordnung, oder?! Sie sind doch nur in der Partei, weil ihnen nichts anderes übrigbleibt. Und deshalb, daß es ihnen noch ein wenig besser geht, als es uns schon prima wohl. Überaus schlau, geradezu raffiniert. Und eines Tages, falls es zu Lebzeiten noch einmal anders kommen sollte, wird denen, die es besonders geschickt angestellt, rechtzeitig umgesattelt haben, wieder nur ein wenig wohler als uns. Die Stupiden dürfen an Eitel-Freude-Almosen partizipieren. Sie beherrschen das Wechselspiel virtuos. Häufigkeit beschert Vertrautheit im Metier. Meisterhaft. Bei aller gewohnt gekonnten, falschen Brigade-Feierlichkeit: Vorsicht ist geboten. Deshalb schnell nach Haus. So baut man Imperien. Bis sie fallen.

Von Spießgesellen, Mordkumpanen, Blutsaugern umkrenzt, honeckert es sich kommod.
Proletarische Möchtegern-Fürsten suchen einstiges Zukurzgekommenen-Dasein zu vergessen, führen Sozialismus als hohle Phrase in gierigen Mäulern. Gespinste tarnen Apparat. Mit panischer Sorge sichern diese Parasiten ihr System, ködern zu diesem Behufe den Werktätigen mit dem Billig-Broohdll sowie den Billig-Fahrten des VEB Kraftverkehrskombinat, welche ihn auch in den Zoo brächten, in dessen umfassenderem Rahmen er sich ohnehin bereits befand, und, falls fähig, mühelos Verwandtschaft zu Artgenossen feststellen konnte.
Bar jeglicher Kultur der Herkunft, Bildung, Aufgeklärtheit und Toleranz bleibt ihnen allein das Absolute, Schöpfungsverachtende einer Diktatur. Gestohlene Zeit, gestohlene Jugend.
Blutgetränkte, moskaugeschmiedete Kader. Parvenus, die sich der Nützlichkeit scheinbarer Diktatur des Proletariats zum Zwecke des Besitzes und Erhaltes müßiggängerischer Macht bedienen. Sie sind auf den Geschmack gekommen. Nicht zurück in den Pfuhl, aus dem sie gekrochen. Er vergeht nicht.

Servile Untertanen. Fürwahr Leben zum Tode, zum Schafott. Kein zweiter 17. Juni. Stasideterminierter Selbsterhaltungstrieb. Wunderbare Volksabrechnung, mit heißer Sehnsucht erwartet. In schönsten Farben. Armeen gepeinigter Menschen, Pein zermalmend. Tödlich überraschte, in ungläubigem Entsetzen erstarrte Fratzen, der Bilanz gewiß.

Jugend zerstört, gestohlen. Krank gequält. Entwürdigende Rituale. Konjunktivisch wunderbare Jahre. Ohne Sinn verronnen. Verloren. Bilanz des Schmerzes.

Unbestechliche Wahrheit des Spiegels. Einst prächtiges Haarkleid verfällt. Melierung greift Platz, erobert sektoral, mit dem Haupte beginnend. Invasion der Endlichkeit. Chancenlos erlegen.

Süße des Lebens. Perdu. Welke Dürre bleibt. Drift in das Nichts. Präsent, in Gehirn gefressen. Aufgetürmt. Ungesühnt. Wundenlecken. Wunden wunder. Gift der Beschwichtigung, des Selbstbetruges. Beiseite! Zum Verstummen gebracht. Einundsechziger Beton. Herz vernichtet, Horizont getötet. Erstickt. Mühsal, Pein ohne fruchtbares Ziel. Wirklichkeit offenbart. Trümmer. Akkord in tristem Gespinst. VEB-Getrippel. Ulcera. Hoffnung ausgeschlossen. Bis zum Ende.

Zu spät. Wunderbare goldene Sonne, greifbar zuweilen, verschwand in tiefblauem Meer. Des Lebens köstlicher Kelch bleibt verschlossen, gemein umgestoßen, ungekostet.

Auch Schweine ergrauen. Vergangenheit blitzt anmaßend aus sklerottischen Kohlen. Keine lieben Alten. Solch' sanftmütige Honoratioren-Fassade kann nur Dumme gnädig stimmen. Hoffnung auf General-Abrechnung am Tage hellen, verheißungsvollen Freiheitsläutens. Trügerisch.

Ich erinnere hämisch feixende, wohlig sich räkelnde Fratzen, Hohn, Festbäder niederster Regungen im Angesicht der Zerstörung ihrer Opfer, der Mafia Widerspenstigen. Es brennt. Wird Fackel, Fanal. Nicht vergessen, solange die Seele es will.

Fürchterliche Vorstellung, Ironie deutscher Mentalität. Es ist alles geregelt. Leere. Unheimliche Zweifel-Armeen trachten, alles Geschehene als unwirklichen Traum in Frage zu stellen. Suchen zu suggerieren, daß ein Schweine-System keines war. Es sei nur manches schief gelaufen. Man solle das nicht verübeln. So etwas könne doch vorkommen. Man habe doch für die Menschen nur Gutes gewollt. Unbestimmbares, sich entziehendes, quälendes Gefühl, das man nicht erreicht, geschweige zu dessen Kern vorzudringen gelingt. Schlimmes war!!! Nur, was war denn?! Welches will man glauben machen?! Gehirnwäsche. Sie darf nicht funktionieren. Sie funktioniert! Verschleierung, Verdunkelung, Vernichtung des Anstandes wiederholt sich. Der Himmel weint (nicht). Element der Droge Harmonie. Schließlich könnte alles, das sich „abspielt" lediglich Einbildung sein.

Mega-Momente scheinbar ausweisloser Trauer. Alles Licht droht zu ersticken. Scheinbar vergebliche Endgültigkeit. Fatalismus. Gift der Verlorenheit. So hättet ihr es gern.

Im Bewußtsein des Widerwärtigen potenziert sich Traurigkeit. Das Leichentuch fest verzurrt. Erwartung der Fäulnis. Wahrnehmung produziert Schreckensbilder.

Mensch. Jahrtausende-Großversuch. Fehlkonstruktion. Auf Abruf. Irdischer Kurzaufenthalt. Larven. Paralyse. Oberfläche. Passage interdite. Glücklich, wem sich günstige Umstände, schützende, helfende Hände reichen.

Selig sein kann, wer verstand, sich bleibende Denkmäler zu schaffen, wer im Künftigen verankert. Rezepte gegen des Lebensdschungels Dickicht. Gelegentlich zu raffinierter Perfektion entwickelt. Fragen werfen Fragen auf. Erbärmliche Schwankungen. Stückwerk. Nuklear. Gut läßt es sich in nicht durchblickter Welt leben. Zusammenbruch. Neue Philosophie gesucht. So wird sich geschleppt bis zum Ende, bis in des Dunkels ewige Stille, bis in den namenlosen Staub der Bedeutungslosigkeit für die Welt danach, auch Nachwelt genannt. Vabanque.

Hinter dem Graben lag weite, lichte Ebene. In ausdauernden, großzügig geschwungenen Zügen folgte sie der alten, von Eichen gesäumten Kopfsteinpflasterstraße, die alsbald in schicksalsschweren Ort führte. Obwohl noch nicht Ende Oktober zeichnete bereits fahles, kaltes Winterlicht sterbendes Antlitz in abgeerntete Felder.

Sie stand neben mir. In seltsamer Abwesenheit verloren gewahrte ich angenehm verklärend beschützende, bewahrende, etwas rundliche Formen. Der nicht geringe Altersunterschied bereitete mir Vergnügen und Wohlsein zugleich, verlieh Sicherheit. Bilder aus der Vergangenheit wurden lebendig. Ältere Krankenschwestern, denen ich in zartem Kindesalter, überaus commode, da in Kopfhöhe, verstohlen-verschmitzt in breite, anregende Backen kniff, ihre belustigten, gespielt gestrengen, gespielt tadelnden Blicke wollüstig erntend, hochoben auf dem weißen Häubchen stolz und respektvoll das Kreuz, das rote, gewahrend.

Nicht zuletzt, in amerikanischer Lizenz gefertigte, mich auf meinem Grundschul-Wege beinahe täglich überholende, russische Militär-Lastwagen, deren Existenz noch auf dem lend-lease-program gründete, hatten sich in Erinnerung gebrannt, sondern auch die bescheidenen, aber dennoch in höchstem Maße befriedigenden Nachunterrichts-Spiele, welche, von wenigen Ausnahmen abgesehen, konserviert, tradiert, mit denen der Eltern und Großeltern in Vor-und Nachkriegszeit identisch waren.

Vortreffliche, vorzügliche, bisweilen vollständige Erfüllung und Genugtuung besteht in dem glückhaften, mehr oder minder zufälligen Zusammentreffen günstiger Umstände und dessen tatsächlich spontaner, nicht erzwungener, tatsächlich registrierter, erfaßter und schließlich ergriffener Realisation.

Familie kann sowohl als Institution der Wärme- und Geborgenheits-Erzeugung als auch der Vernichtung von Individualität, Selbstbestimmung, Unabhängigkeit fungieren. Sogenannter Erwachsenen-Alltag demaskiert sich als Fortsetzung der Kinder-Schule mit anderen, jedoch nicht subtileren Mitteln.

Der Graben lag hinter mir. Ich hatte ihn überwunden.

V. LABYRINTH

V. LABYRINTH

Ich rechnete nachts mit ihrem Eindringen. Geheimdienste pflegen gewöhnlich nächtens oder im Morgengrauen zu erscheinen. Sie lieben die mörderisch geplante Überraschung. Ich wollte vorbereitet, gefaßt sein, wollte über Ausweichgelegenheit verfügen. Es gilt, sich so lange als möglich Handlungs-und Entschlußfähigkeit zu bewahren, um nicht zum Spielball anderer zu verkommen. Verloren ist, wer erstarrt. Primat der Fort-Bewegung.

Es war keine Trutzburg. Nach verschafftem Eintritt konnte Zugriff erfolgen. Unzulängliche Analysen, Trugschlüsse kann sich der Beobachtete nicht leisten.

Manchmal wünschte ich, nicht geboren zu sein. Denke ich zurück, findet sich wenig Gutes. Es überwiegt das Schaudern. Philosophischer Flug, dem Sinn hiesigen Daseins vielleicht näherzukommen.

Ich hatte mich entschlossen. Die durch Angst, Vernunft, Selbsterhaltungsbedürfnis begründete Zurückgezogenheit sollte durch Flucht nach vorn abgelöst werden. Untätigkeit drohte mich, jeden sinnlos verstrichenen Tag mehr, verfallen zu lassen, um schließlich zu vernichten. Als ich wieder begann, die Initiative zu ergreifen, verschwanden allmählich Trübsinn und Lethargie. Plötzlich regte sich neues Leben in mir, die Kräfte des Körpers erwachten aus tiefem, kaltem Schlaf, der Geist trug frische Blüte. Freudige Gedanken an Flucht und Ausweg elektrisierten jede Faser, jede Sequenz des Sinnens und Strebens, des wachen und ruhenden Tages war auf das Erreichen des großen Zieles gerichtet.

Ich packte. Seit Tagen, vorzugsweise an frühen Morgen, präparierte ich Baggage. Nicht zuviel, nicht auffallen! Devisen, in den sozialistischen Bruderländern heiß begehrt, waren unerläßlicher Treibstoff und Schmiermittel eines solchen Unternehmens. Ich plante, mittels Aufenthalt in der Deutschen Botschaft zu Budapest meine Ausreise in die Bundesrepublik zu erzwingen. Keinen Gedanken verschwendete ich länger an die Variante, die österreichisch-ungarische Grenze zu überwinden. Durch, in entfernter Vorsicht gehaltenem, verborgenen Augenschein der hatar, wußte ich, daß es mit an Sicherheit grenzender Wahrscheinlichkeit unmöglich sein würde. Auch war ich realistisch genug, zu erkennen, daß kein „Westler" bereit wäre, die Beförderung eines blinden Passagiers in seinem Gefährt zu übernehmen. Bestenfalls in Weinstuben, beim Csardas alkoholisiert angeboten, in nüchterner Wirklichkeit jedoch, ging der Arsch verständlicherweise mit Grundeis.

Ein Bild kehrt zurück. In der Falle. Wie in Berlin. Ich wage kaum, zur Seite zu sehen. Linkerhand die Mauer. Verstohlene Blicke lassen Tiergarten-Zipfel erkennen. Etwas weiter ein verlorenes Haus. Westfarbig. Ich vermute Überwachungskameras. Läßt sich mein Herzschlag erkennen? Alles rumort, zerrinnt in vegetativer Paradoxie. Werden sie jetzt kommen und sich erkundigen, weshalb ich ausgerechnet hier verkehre. Ich fühle Beobachtung. Sinnestäuschung? Tschechoslowakische Botschaft passiert. Nahe Unter den Linden Polizei-Patrouille. Will das Organ etwas von mir?!! Sie nehmen das Trottoir ein. Flächendeckend. Guter Rat ist teuer. Auf die Straße ausweichen? Das Atmen fällt schwer, die Kehle adrenalin-trocken, klebrig, verschnürt, Zunge bleiern, wie gelähmt. Versuche, mir nichts anmerken zu lassen. Bevor s i e fragen können, frage ich. „Entschuldigung, können Sie mir bitte sagen, wo das Pergamon-Museum ist?" Sie sehen mich prüfend an. Irritation, fern der Ahnung. Die Reizung hochsensibler neuralgischer Punkte des Kraken war folgenlos geblieben. Vielleicht das letzte Mal. Die Antwort birgt Vibrationen unbestimmten Mißtrauens. Sie zirkulieren, ohne adäquater Reaktion gewiß zu sein. „Also, da sind Sie hier völlig falsch. Sie müssen noch ein ganzes Stück laufen, wenn Sie zum Pergamon-Museum wollen." Er beschreibt den Weg. Zunächst geradeaus, an der übernächsten Querstraße rechts abbiegen. Körper gerät zu einzigem Herzschlag. Explosive Spannung. Unter Strom. Das Nervengespinst vor dem Absturz. Ich entziehe mich detaillierter Darstellung, danke, setze den Spaziergang fort. Bemüht, Eile nicht sichtbar werden zu lassen. Ich erwartete ein schroffes „Halt!". Es blieb aus. Camouflage über die Bühne gebracht. Die Erwartung dieses Kommandos saß mir noch im Rücken, als ich mich der Anziehungskraft des von Sommerwind getragenen Schwarz-Rot-Gold des Reichstages nicht zu entziehen vermochte. Es wehte herüber, lockte unwiderstehlich. Die Leichtigkeit der Einladung suggerierte dem zum Abschuß bestimmten Sklaven glückseliges Entschwinden, Diffundieren feindlicher Linien, verschwommener Freiheitspforten. Der Bürger hat sich auf das Menschsein besonnen. Wild möchte Wildwechsel vollführen und wird Freiwild. Der Wildwechsel des Geschundenen schließt die Möglichkeit des Tödlichen ein. Sturz und Scheitern liegen nahe beieinander.

Ich fuhr zum Hauptbahnhof. Mein Ziel war zunächst Budapest. Umsteigen in Dresden. Landschaft nahm ich kaum wahr. Die unsterblich imposante Lage Dresdens umrahmt Empfang und Abschied des Reisenden. Endlich eine Stimmung, die den Betrachter in ihren Bann zieht. Bald säumen herrliche Villen die Ufer. Die Geleise folgen dem Lauf der Elbe. Der Fluß gefällt sich in vormittäglichem Glanz, genießt sonnendurchflutete Belebung. Zillen gleiten gemächlich dahin. Seltsam selig vernimmt man das einschmeichelnde, beruhigende, sich allmählich entfernende, in sanften Wellen verrauschende Tuckern der Schiffsdiesel. Pirna war passiert, es näherte sich Bad Schandau. Dort pflegten sich grauberockte Lakaien der Diktatur dem Zuge aufzudrängen. Paß-und Zollkontrolle geriet zum Selbstzweck des Regimes, offenbarte sich als elementarer Ausfluß desselben.

Die Häscher fragten, warum ich nach nur einem Monat bereits wieder nach Ungarn fahren wolle. Sie konnten meiner nicht habhaft werden, und versuchten es nun auf diese Weise.

Nachdem mich das Schicksal zonenseitig vor einem unsanften Ende bewahrt hatte, kamen die Böhmen. Oft vertrauten sie auf die garantierte Penetranz der gehaßten Honecker-Bruderorgane und beließen es bei, in Relationen betrachtet, lässigen Stichproben. Heute verzichteten sie zu meinem Erstaunen beinahe gänzlich auf Kontrolle. Die enervierende Prozedur war glückhaft überstanden. Die Bahn verließ Herrnskretschen und erreichte, wildromantische Landschaft, schaurig-schöne Tunnel passierend, Tetschen-Bodenbach. Die Route folgte erneut dem Lauf der Elbe, entfernte sich zuweilen geringfügig von ihr, näherte sich über Aussig, Leitmeritz, Raudnitz, schließlich unverhofft einen deutlichen Schwenk nach Südwesten vollführend, die Moldau streichelnd, dem majestätischen Prag, das ich mit heißem k.u.k. Blute verehre. Es schien an diesem Tag, als korrespondiere die Melancholie der böhmischen Hauptstadt mit der meinen.

Kostbare Eindrücke. Monarchischer Nachhall. Sequenzen nobler Glückseligkeit.
Imperialer Schauer. Psychedelisch, sophisticated.
Frizzant vergangen. Nurmehr unwirtlich Wirklichkeit.

Die Geleise näherten sich Melnik, welches von seinen alten, stolzen Mauern der freudvollen, zuweilen übermütig tosenden Vereinigung von Elbe und Moldau wissend folgte. Der Zug passierte gemächlich Karlstein und sollte alsbald, von erwartungsfroher, begieriger Erregung und Betriebsamkeit begleitet, die Goldene Stadt erreichen. Noch einmal jedoch wurde sein Fortkommen aufgrund Bautätigkeit für ein böhmisches Weilchen unterbrochen. Aber der magischen Kraft Prags vermochte sich nichts zu entziehen. Die Bahn überquerte mit metallischem Klange eine für sie stromaufwärts errichtete majestätische Moldau-Brücke, deren Reigen imposanter Rahmen sie anmutig beschirmte. Dem Auge bot sich erhabener Blick über den im Lichterglanz der Stadt funkelnden Fluß, dem baulichen wie historischen Genuß der Perlen-Kette weiterer kunstvoller Verbindungen folgend, bis das Vergnügen sich schließlich im Horizont des letzten Bogens verlor. Es grüßten das prächtige Antlitz des Hradschin, die beschwingte Erscheinung des National-Theaters, Sequenzen prickelnder Schauer kostbarer Eindrücke, rastlos versucht, diese zu inkorporieren, als befürchte man, sie niemals wiederzusehen.

Die Bahn entschwand für eine kleine und dennoch unendliche Ewigkeit der Moldau und erreichte ächzend den hlavni nadrazi, den Hauptbahnhof.

Wolken schweren, zähen Dampfes, schwanger von des Teeres Odem lasteten an diesem Tag auf ihm.

Erleichtert, daß diese Budapester Reise kein Umsteigen erforderte, bewahrte mich Müdigkeit vor Entsetzens-Schauern eigener Courage.

Elend wird fest in Wort, Ton, Bild, Schrift. Handlich überliefert, dokumentiert. Gutwillen existiert nicht. Hilferufe verhallen in ungehörter Ferne. Wir sehen abgewandte Seiten unserer Seelen, entdecken deren verborgene Spiegel. In gebrochenen Schwingen leuchtet dennoch persönliche Bestimmung.

Kosmische Medien. Ich suche kein Auskommen, sondern das Leben.

Zukunft unbestechliches Augenmerk rächt der Gelegenheit, eines Wimpernschlages des Seins in der Hölle der Zeiten, Versäumnis.

Pathologisch verstrickt in den Niederungen unterkriechender Kleingeistigkeit, Knechtschaft und Enge, ihrem zersetzenden Gift mit blutleerem, schlaglosem Herzen ausgeliefert. Wird einem tatsächlich fragilen Zustand Bestand vergönnt sein?

In Telegraphen-Drähten flossen ungehindert, ohne Störung verheerende Botschaften.

Allmählich gelangte ich zu neuer Kraft. Eine Zeit der Demütigungen und Verletzungen schien sich ihrem Ende zu nähern.

Nachdem die Silhouette der „Goldenen Stadt" am Horizont entschwunden, wandten sich die Geleise, verschlafene, malerische Dörfer passierend, alsbald den Böhmisch-Mährischen Höhen zu. Ein heftiges Gewitter peitschte nieder, warmer Sommerregen ergoß sich über die Scheiben der Compartiments, perlte wollüstig herab.

In Prag hatte eine ansehnliche junge Dame in meinem Abteil Platz genommen. Sie sollte sich nicht nur im Hinblick auf ihr Äußeres, sondern auch bezüglich ihres Geistes als Glücksfall erweisen.

Ihre Gegenwart und die vorüberziehende Landschaft wirkten in unerwartetem Maße beruhigend und erfrischend.

Sie hatte am Fenster Platz genommen. Meine Blicke schweiften über ihre prallen Schenkel. Alsbald fielen erste, noch belanglose Worte, später ich. Auftakt einer bleibenden Begegnung. Melancholie und Erinnerung.

Die Bahn bewegte sich unweit der March. Jenseits derselben, so strich mir ein historischer Gedanke durch den Kopf, befindet sich eine weite Landschaft, welcher der Fluß seinen Namen schenkte, das Marchfeld, Schauplatz der bedeutenden Schlacht von Dürnkrut.

Nur wenig mehr als einen Steinwurf von den Geleisen, die dem Zug seinen Weg ebneten entfernt, lag Felix Austria.

Im Dunst der Niederung setzte die March ihren Weg fort. Sie touchierte letzte, sanfte Ausläufer der Karpaten, die Kleinen Karpaten. Im nächsten Augenblick des Naturgetriebes ergoß sie sich, einem Rinnsal gleich, in der Donau Majestät, die mit weithin bedeckender Kraft, wallenden Teppichen ähnlich, in die Weite der Pannonischen Ebene strömte.

Des Morgens Sonne liebkoste meine Haut, des Morgens Wind umspielte mein Antlitz.

Während Kilometer um Kilometer in angenehmer Monotonie des metallenen Schwellentaktes „Tum-Tum-Tum-Tum" verstrich, wandelte sich allmählich das Erscheinungsbild der an der Bahnlinie vorüberziehenden Dörfer. Dem aufmerksamen Beobachter blieb nicht verborgen, daß sich der mährische Charakter derselben zunehmend deutlicher in einen magyarischen wandelte.

Am Horizont zeichnete sich die Silhouette der alten ungarischen Krönungsstadt Preßburg ab, die, nachdem Kakanien in den Mühlsteinen der Geschichte zerrieben, Metropole der lange im Dämmer identitätslosen Vegetierens gehaltenen, schrift-gesichts-geschichtslos verstummt gebliebenen, beinahe vergessenen slowakischen Nation wurde.

Mittlerweile war der Preßburger Hauptbahnhof erreicht. Bei Einfahrt in die Stadt umgibt den Reisenden ein letzter Hauch des Charmes, welcher die Zentren der früheren österreichisch-ungarischen Monarchie auszeichnet. Gewiß handelt es sich hierbei lediglich um eine verhaltene Reflektion des Ambientes von Wien, Budapest oder Prag. Dennoch brilliert auch Preßburg mit architektonischen Kleinodien. Weithin ragt die majestätische Burg, in mächtigen Bögen die Donau überspannende Brücken, Jugendstil-und Art Deco-Villen verwöhnen das Auge. Nachdem Preßburg verlassen, führte die Route durch das von Nebenarmen der Donau mäanderhaft geteilte, zu zahlreichen Inseln geformte Schwemmland. Bald wurde Dunajska Streda, ungarisch Dunaszerdahelyi, erreicht.

Maisfelder säumten die Geleise, wogend im Endoktoberwinde. Klare Herbstsonne erhellte den Horizont, vertrieb Beklemmung, furchtsame Enge. Augenblicke, Sequenzen nur, angesichts wacher, Gefahr feindlich entstellter Tage erwartender Sinne. Doch, endlich umfing ein abgelenktes Gefühl, entfernt an Unbeschwertheit erinnernd.

Meine Begleiterin eröffnete mir, daß sie in einem Budapester Studentenheim wohne und lud mich ein, gemeinsam zu nächtigen. In der Folge zeigte sich mir das Schicksal günstig. Ich erhielt Gelegenheit, mit Anbruch der Blauen Stunde eine angenehme Zeit an ihrer Seite zu verbringen. Nach elf Uhr vormittag bedurfte es nicht geringer Mühe aufzustehen.

Dunkle Schatten fielen von entsetzter Seele, die allmählich, verhalten aufzuatmen wagte. Mauern eisigen Schweigens brachen, zarte Hoffnung erbarmte sich der Kreatur.

VI. INTER MUROS

Der Zug setzte seine Fahrt durch scheinbar endlose Weite der Ebene fort. Mais-und Sonnenblumenfelder begleiteten den Weg und gereichten ihm zur Zier. Ein verlassener Baum, allein in weiter Flur, fesselte meinen Blick. Ich verlor mich in Betrachtungen über Sinn oder Unsinn meiner momentanen Bemühungen, aus dem Käfig zu entrinnen. Würde ihnen Erfolg beschieden sein? Würden sie sich in desillusionierter Ohnmacht, Ausweglosigkeit, Tristesse, Verzweiflung entsetzen? Schlaf umfing mich, erlöste für Stunden von peinigenden Sorgen, verhalf meinen Gedanken zu vorübergehender Ruhe, durchbrach den Bannkreis quälender Ungewißheit, der sie wach gefangenhielt.

Barsche Kommandos rissen mich jäh aus beschirmender, sanfter Tiefe. Die Organe hatten sich in den Gängen postiert, lauernd, penetrant beobachtend. Schnüffler durchwühlten Abteile, schikanierten Reisende mit kleinlichen Zollformalitäten. Mittlerweile hatte die Bahn bei Šturovo/Szob die tschechoslowakisch-ungarische Grenze überschritten. Tentakeln gleich erreichten die zonalen Bruderorgane auch das Abteil, in dem ich mich befand. Kein Entrinnen. Sie waren überall. Gelang der Grenzübertritt in Schmilka noch ohne Auffinden der Konterbande, konnte die Reise nun enden, falls das sorgsam Verborgene noch im letzten Augenblick entdeckt würde. Tatsächlich hätten sich beinahe schlimmste Befürchtungen bewahrheitet, wäre nicht einer der fanatischsten Büttel von seinen Genossen Kumpanen in das Nachbar-Compartiment beordert worden. Dort besorgte er sein mieses Geschäft gewiß mit selbiger boshafter Energie, verfolgte aber nicht länger meine Fährte. Wären ihnen 1.200 Deutsche Mark „Fluchtgeld", mühevoll zusammengetragen, sowie die beglaubigte Abschrift meines Abiturzeugnisses in die Hände gefallen, hätte es keiner Erklärungen bedurft, um ihnen das Gegenteil eines beabsichtigten „ungesetzlichen Verlassens der Deutschen Demokratischen Republik" zu beweisen. Ich war erneut von Unheil verschont geblieben und dankte Gott. Permanente, intensive Angst und Konzentration verfehlten ihre Wirkung nicht. Ich war erschöpft. Alles drehte sich. Nur unbewußt registrierte ich, daß die Organe den Zug verlassen hatten. Während meine Blicke schemenhaft die Kathedrale von Esztergom wahrnahmen, sank der Körper auf eine Weise in den rotkunstledernen Reichsbahnsitz, als wollte er mit einem Mal Gebirge der Furcht und Anspannung abstreifen. Das Donauknie war erreicht und alsbald nahte Szentendre mit gleichnamiger Donauinsel. Budapest, das Ziel meiner Hoffnung war nicht mehr fern. Der Einzugsbereich der Metropole wurde durch die Vorortbahn markiert. Mit Szentendre hatte meine Route bereits eine ihrer Stationen passiert. Ländliches wich allmählich urbanen Strukturen. Hauptstädtische Außenbezirke. Das römische Aquincum zog vorüber. Bald gewährte die Silhouette Budapests majestätisches Entrée. Welche Schritte sollten folgen? Ohne eine überzeugende Antwort gefunden zu haben, wurden diese Überlegungen durch des Schaffners Ruf „Nyugati Palyaudvár"-„Westbahnhof" unterbrochen. Ich war angekommen.

Seit Jahren verband mich Freundschaft zu ungarischen Dissidenten. Wo sie konnten, halfen sie. Selbstlos. Heute wurde ich nicht erwartet. Keine Zeit förmlicher Anmeldung. Es war einzig durch Ruhe möglich, der in Kümmerlichkeit und Auflösung gehetzten menschlichen Existenz wieder Substanz einzuflößen. Ich wünschte Kraft klarer Gedanken, kostbar bereits der Hauch von Stabilität, fokussiert auf Momente, in denen Fatum Antwort und kein Stottern erwartet.

Während dieser kurzen Phase der Rekreation vermochte ich, relative Klarheit und Form zu finden, suchte ich, die Konditionen des Seins zu illuminieren. Sprichwörtliche Überraschung. Die Frage, ob gelungen und/oder erwünscht, existierte für diese feinen Menschen nicht. Ihr herzlicher Empfang bewirkte eine Aufhellung meiner Stimmung. Während angeregten Gespräches wurde in froher Gelassenheit eine opulente Tafel hergerichtet. Danach Kaffee, Cognac. Angenehm entspannt, verspürte ich das Bedürfnis weiterer Pflege. In meiner Situation geriet der Entschluß, ein Bad zu nehmen zu zivilisatorischem Ritual. Ich setzte die Renovierung meines Äußeren mit einer Rasur fort, entfernte das Alte, Verbrauchte, Kraftlose, Beladene. Neues konnte sich in befreiter Weite entfalten. Einem Gastspiel gleich, legte détente Nebel vor den durchdringenden Blick kommender schicksalsschwerer Momente. Ich schien am Ende meiner Kraft angelangt, allein der unbedingte Wille, der Zone zu entfliehen, setzte ungeahnte Energien, die neue Horizonte der Ausdauer und Leidensfähigkeit sichtbar werden ließen, frei.

Bereits am nächsten Vormittag begab ich mich zu Erkundungszwecken in Richtung Népstadion. In dessen Nähe befindet sich das Botschaftsviertel. Ich plazierte mich in einem kleinen, unauffälligen

Café. Draußen peitschte stürmischer Regen, von dem ich hilflos Befreiung, gar phantastische Wunder erhoffte, über stummes, trostloses Pflaster. Vergebens. Ich zwang mich zur Ruhe. Es wollte nicht gelingen. Gedankenversunken trank ich den dritten Espresso, fixierte die befleckte Tischdecke, die nurmehr mausgrau zu nennen war und es wurde kalt, eiskalt. Im alten, klapprigen Schwarz-Weiß-Fernseher lief ein französischer Film. Ich starrte auf bewegte Bilder, ohne auch nur Fragmente der Handlung wahrzunehmen. Hirn und Sinne waren allein auf die Frage konzentriert, wie ich mich ohne Aufsehen zu erregen, der gegenüberliegenden Villa nähern konnte. Verlockend diese Straße, Schauplatz unzähliger Gedankenspiele, Hoffnungen, und nun, da ich sie unmittelbar vor mir sah, Ängste. Iszó utca. Sie spielte Schicksal, konnte heraus führen, aber auch erneute Verhaftung bedeuten, falls Schnüffler in Uniform und Zivil DDR-Provinienz erkannten. Der Pfad war beidseitig mit Posten gesäumt, die dank kosmischer Fügung auf Dokumentenkontrolle verzichteten, und es bei der Frage, ob ich Deutscher aus der Bundesrepublik sei, beließen. Ich befand mich in einem Zustand fatalistischer Gleichgültigkeit, ähnlich Trance. Ein Phänomen. Es sedierte, schenkte Gelassenheit, welche die Situation forderte. Unbeirrt setzte ich meinen Weg fort. Mit westlich anmutendem, gepflegtem Äußeren näherte ich mich Meter für Meter dem ersehnten exterritorialen Gebiet. Die Wache ließ mich ungehindert passieren. Ich läutete an einer in Marmor gefaßten Klingel. Die massive Tür öffnete sich mit feinem elektrischem Summen zu einem parkähnlichen Garten und gewährte, nachdem eine von Natursteinmauern begrenzte Treppe genommen, Einlaß in eine stilgerecht renovierte Zwanziger-Jahre-Villa. Ein hochgewachsener Mann in dunklem Zweireiher ließ mich ein und führte zu einem schalterähnlichen Empfang, der sich im unmittelbaren Eintrittsbereich eines Atriums befand. Nachdem die Personalien erfaßt waren, erhob sich der Cerberus, und bat einen Kollegen, den Botschafter zu rufen. Ich war entschlossen, auf spektakuläre, nicht lautlose Weise um Asyl zu bitten, und das Gebäude auf keinen Fall wieder zu verlassen.

Es war noch kein Jahr vergangen, daß ich den Botschafter in einem kleinen Café, einige Straßenzüge entfernt, konspirativ getroffen hatte. Damals hatte er mir erklärt, daß der einzige Weg aus der proletarischen Diktatur nur über einen legalen Ausreiseantrag führe. Er riet mir dringend davon ab, die Botschaft aufzusuchen. Ich sollte mich in sicherer Entfernung mit ihm verabreden, weil kommunistische Organe bereits zahlreiche DDR-Flüchtlinge in der Iszó utca festgenommen hätten. Erst jetzt begann in mir der Verdacht zu keimen, daß er mich vielleicht als weiteren potentiellen Besetzer einschätzte und deshalb von der geeigneten Zone fernhielt. Wie würde er reagieren, wenn ich „nur" ein Jahr später unter vollkommen veränderten Bedingungen erneut vor ihn treten würde? Während ich mich mit dieser Frage beschäftigte, öffnete sich im Hintergrund die Tür eines Konferenzraumes. Es bewegte sich ein rationaler, kühler Mensch, der aber dennoch nicht frei von Emotionen war, auf mich zu. Er hatte mich sofort erkannt und begrüßte mich mit den Worten: „Nun, Herr Wittig, wieder zu Gast in Budapest?" Er schien überrascht, mich nach relativ kurzer Zeit wiederzusehen und vermochte dies auch nicht gänzlich zu verbergen. Es war nicht einfach, die subtilen Reaktionen des distinguierten Mannes, eines „Diplomaten alter Schule", zu erkennen, ungleich komplizierter jedoch, diese zu deuten. Ich entgegnete: „Guten Tag, Herr Botschafter. Ja, hier bin ich wieder." Doktor H. sah mich durchdringend an. Ich kannte diesen spezifischen Blick von der letzten Begegnung. Dieser Blick, so wußte ich mittlerweile, war strategischer Natur und ließ augenblicklich eine Reaktion erwarten, die, eingedenk früherer Erfahrungen, erneut nicht angenehm sein würde. Tatsächlich eröffnete er mir auf mein Ansinnen, die Botschaft nicht mehr verlassen zu wollen, um direkt von hier in die Bundesrepublik auszureisen, daß dies absolut unmöglich sei. Ich berichtete ihm von meiner Inhaftierung durch die Stasi und schloß jede Rückkehr in die DDR kategorisch aus, da ich befürchtete, vor dem Rentenalter niemals nach Westdeutschland zu gelangen. Die Organe waren auf mich aufmerksam geworden. Man würde mich höchst wahrscheinlich nochmals verhaften, sukzessive zerstören. Er wiederholte seine Position, ich solle zurückkehren und „den Antrag" stellen. Die Registrierung in der Botschaft würde in diesem Zusammenhang eine nicht zu unterschätzende Bedeutung erlangen. Doktor H. versuchte mich davon zu überzeugen, daß mein Begehren, nunmehr an diesem privilegierten Ort vorgebracht, im Ministerium für Innerdeutsche Beziehungen Gehör finden würde, und die hier aufgenommenen persönlichen Daten dortselbst auf Listen sorgfältig verankert, zu einer bevorzugten, beschleunigten Ausreise führen würden. Selbst im Falle erneuter Inhaftierung wäre ich durch die Bekanntheit meiner Angelegenheit im

Innerdeutschen Ministerium geschützt und könne nicht für lange Zeit verschwinden, da man hierauf rasch reagieren und mich aus solch mißlicher Lage befreien würde. Dieses Versprechen konnte mich weder beruhigen noch zufriedenstellen, auch das Zitieren aus Artikel 16 des Grundgesetzes, das ich mir eigens zu diesem Zweck hatte bringen lassen, vermochte meine Situation nicht zu verbessern. Wir begaben uns in den Konferenzraum und nahmen an einem langen Tisch Platz. Doktor H. äußerte, daß er „nicht an der anderen Seite des Tisches sitzen möchte" und mich „nicht um meinen Platz" beneide. Eine Analyse meiner Lage, die sich im Folgenden bewahrheiten sollte. Obwohl die Unterhaltung länger als eine Stunde währte, gelang es nicht, ein befriedigendes Ergebnis zu erzielen. Ich bemühte mich, den Botschafter nicht ungünstig zu stimmen, da ich fürchtete, sein Engagement könnte reduziert werden. Diese Gedanken-und Gefühlslage ließ es geraten erscheinen, schließlich seiner Strategie zu folgen. Unschlüssige Momente des Abwägens, des Zögerns, des Verharrens. Dennoch verließ ich die Botschaft am späten Nachmittag. Ich begab mich in das Stadtzentrum, flanierte dort ziellos umher. Mit den letzten mir verbliebenen Forint kaufte ich eine Fahrkarte. Im Westbahnhof bestieg ich den Nachtzug, der mich zunächst in das Land meiner Qualen zurückbrachte. Die Bahn passierte in Komárom die Donau-Grenze. Bald war Preßburg erreicht. Man verweilte in kurzem Aufenthalt. Es tagte und mich begannen Ängste zu verfolgen, ob es ein Fehler war, die sichere Botschaft zu verlassen, dem Willen eines anderen anstelle des eigenen entsprochen zu haben. Nervös kratzte ich in meinem linken Ohr. Ich hielt erst inne, als ich von beißendem Schmerz begleitet, Warmfeuchtes verspürte und Tropfen dunkelroten Blutes gewahrte. Die Zeit verstrich, schon erhellte Mittagssonne mit wärmenden Strahlen das Abteil und schenkte böhmischer Landschaft noch prachtvolleren Glanz. Wie gern hätte ich in diesem Moment befreit aufatmend diese herrlichen goldenen Felder durchschritten.

Zonale Lakaien verrieten sich schon weithin durch deutschlautes Bellen, unkultivierter noch als jenes ihrer Schäferhunde, welche fatal an „Blondie" und deren Halter erinnerten. Das Erscheinen der phantasielosen graugraugrauen Uniformen ließ mit heimtückischer Regelmäßigkeit schreckliche Schauer durch den Körper strömen. Proletarisch-Kleinbürgerliches, Karrieren des Lächerlichen, Übergänge fließend, viceversa, dominierten.

Die Bahn hatte Herrnskretschen/Hrensko hinter sich gelassen und fuhr elbrechtsseitig. Auf dem gegenüberliegenden Ufer begann zonales Territorium. Die „Staatsmacht" näherte sich unaufhaltsam, bedrohlich. Einige Abteile entfernt schikanierten sie bereits mit unverschämten, stereotypen Fragen brave Bürger der DDR. Und delektierten sich daran. Entgegen meinen Befürchtungen erwartete mich heute kein Interrogatorium, das hätte in Verlegenheit bringen können. Sie durchsuchten zwar mit großer Intensität mein Gepäck, doch konnte ich jetzt beruhigt sein, da ich nichts mehr mit mir führte, das mich verdächtig erscheinen lassen konnte. Ihre Blicke verrieten mißmutigen, unbefriedigten Argwohn. Dennoch verließen sie das Compartiment ohne Resultat. In Schmilka wurde kurzer Aufenthalt eingelegt. Die Handlanger verließen die Waggons. Die Reise folgte weiter dem Fluß, passierte Pirna, Königstein, Lilienstein und näherte sich allmählich dem einst wunderbaren Elbflorenz, Dresden. Die Fahrt endete für mich zunächst hier. Des Zuges Ziel hieß Berlin, Hauptstadt der DDR, meines jedoch Karl-Marx-Stadt, das früher (wie auch heute) proletarisch berüchtigte Chemnitz. Anschluß in eineinhalb Stunden. Zeit des Verweilens, Gelegenheit der Betrachtung.

Eine empfindlich kalte Oktober-Morgenstunde. Die Reisenden, welche die Fahrt nicht in die sächsische, sondern preußische Richtung fortzusetzen gedachten, drängten sich, Wärme suchend, im wenig einladenden MITROPA-Imbiß. Zwar verspürte ich Hunger, doch weder Speise-Offerten noch Ambiente animierten, hier etwas zu sich zu nehmen. Ich verließ diesen deprimierenden Ort und begab mich, obwohl nichts Besseres erwartend, fröstelnd ante portas. Naßkalter Wind heulte durch die weite Bahnhofshalle, ließ brüchiges Glas gnadenlos erzittern, alte Stahlkonstruktionen ächzen. Ich verließ den Bahnhof und erblickte Leere, bittere, trostlose Ödnis, bedeckt mit Metasthasen eines realsozialistischen Betonkarzinoms, das sich Architektur nannte und voller zynischer Anmaßung verkündete, Schöneres geschaffen zu haben, als das zerstörte, verwehte Unwiederbringlich-Wunderbare. Ich lief umher, ziellos. Eine halbe Stunde vielleicht. In diesen Momenten war es mir gleichgültig, ob ich den Heimwärtszug versäumte. Das Gepäck wußte ich im Schließfach gut verwahrt, vom miserablen Wetter abgesehen hinderte nichts einen ausgedehnten Spaziergang. Der Weg führte mich zu Fragmenten des Vergangenen. Inmitten fahler Wiese befand sich, von

Mauerresten gesäumt, eine Treppe, die in das Nichts führte. Versuche, aus dem Charakter der Überreste auf den Charakter des einst Gesamten zu schließen, wurden unterbrochen, als ich hinter Flieder einen Betrunkenen gewahrte, der sich in Erbrochenem wälzte. Ich kehrte um. Noch verblieb genügend Zeit bis zur Abfahrt. Ohne Eile erreichte ich den Zug nach Plauen. Über Karl-Marx-Stadt.

Ich nahm im Geruch von Bohnerwachs, Reinigungsmittel und aus Toiletten dringendem Wofasept Platz. In dieses Audeur mischte sich schließlich die spezifisch-penetrante Kunstledermarke der Sitzgelegenheit. Die Schönheiten, welche die Route dem Auge bot, vermochte ich nicht mehr wahrzunehmen. Müdigkeit und quälende Gedanken über die Ungewißheit des Kommenden hinderten den Genuß der Sinne.

Übelriechender Odem beendete unangenehm den Schlaf. Der Magen reagierte krampfartig, ich war darauf konzentriert, Brechreiz zu unterdrücken. Ich registrierte die Ursache dieser Störung. Gegenüber hatte ein Mann mittleren Alters Platz genommen, der mich unentwegt anstarrte. Unschwer zu erkennen, daß ich aus dem Ausland kam. Nur schien es ihm Mühe zu bereiten, die Nationalität festzustellen, da ihm bisher keine Gelegenheit geboten wurde, Worte zu vernehmen. Nachdem ich erwacht, hatte er sich abgewandt. Ein mieser, feiger, neidischer, kleingeistiger Observations-und Denunziantentyp, in der Zone zahlreich vorhanden. Zu meinem Entsetzen war bereits Flöha erreicht. Nurmehr wenige Kilometer betrug die Entfernung zur Hölle, die für mich Karl-Marx-Stadt hieß. Der Zug fuhr in den Hauptbahnhof ein. Ende der Reise. Erschöpft und übernächtigt sehnte ich mich nach einem Bett. Eilig durchschritt ich die weite, schmucklose Bahnhofshalle, strebte dem Ausgang zu. Ich begab mich zum Taxistand. Ein „Wolga" brachte mich auf umständlichem Weg nach Hause. Ich erklärte dem Fahrer, daß ich momentan nicht ausreichend Geld zur Hand hätte und bat ihn, einen Augenblick zu warten. Ich lief durch den Garten zum Haupteingang unseres Hauses, suchte nervös nach meinem Schlüssel, fand ihn. Ich öffnete die Tür, sie entglitt mir und fiel geräuschvoll ins Schloß. Mit ungläubig-überraschtem Blick empfing mich meine Mutter. Bevor ich ihr den Grund meiner Rückkehr erläuterte, bat ich sie, das Taxi zu bezahlen. Mittlerweile traf auch mein Vater, vom Nachtdienst kommend, ein. Er zeigte sich ebenfalls höchst überrascht. Beiden gelang es nicht, ihre Enttäuschung über die Ergebnisse meiner Reise zu verbergen. Sie vermochten einzig leere Versprechungen zu erkennen, die dazu gedient hätten, mich zum Verlassen der Botschaft zu bewegen. Sie konnten keine Verbesserung meiner Situation feststellen und hielten es nunmehr für unwahrscheinlich, daß ich die DDR würde jemals verlassen können. In mir überwog dennoch das Vertrauen in die Zusicherungen des Botschafters, obwohl auch meine Zweifel, nicht zuletzt durch die Reaktion meiner Eltern, verstärkt wurden. Ich war fest entschlossen, exakt so vorzugehen, wie es Doktor H. gesagt hatte und erwartete. Ich hatte überhaupt keine andere Wahl, es war nicht mehr möglich, sich eine Alternative zu überlegen. Alles war geplant. Ich mußte handeln. Würde nicht, wie abgesprochen, nochmals ein Ausreiseantrag gestellt, wäre absolut sicher, daß das offizielle Nichtvorhandensein dieses Begehrens im Falle der Realisierung zugesagter westlicher Ausreisebemühungen dieselben gegenstandslos werden ließe, mich jedes Schutzes berauben, mich zusätzlich gefährden würde. Es stand für mich außer Frage, daß ich am Montag, wie vorgesehen, die Einrichtung mit der klangvollen Bezeichnung Rat der Stadt Karl-Marx-Stadt, Stadtbezirk West, Abteilung Inneres aufsuchen würde, um erneut einen „Antrag auf ständige Ausreise aus der Deutschen Demokratischen Republik" zu stellen. Dieser Tag barg Ungewißheit, Abgrund, Vernichtung. Wie würde er enden? Bis dahin verblieb nurmehr wenig Zeit. Bedrückende Stimmung. Sowohl meine Eltern als auch ich rechneten mit meiner erneuten Verhaftung.

Ich konnte keine Ruhe finden. Am frühen Montagmorgen verließ ich das Bett, ohne auch nur eine Stunde geschlafen zu haben. Geistesabwesend, fröstelnd, ließ ich Badewasser ein. Langsam füllte sich die Wanne, gehüllt in flutende Schwaden heißen Nebels. Die Sinne verloren sich in monotonem Szenario. Warum pflegte ich mich? Ich tat es, wollte der Ungewißheit zumindest mit Würde ins Auge sehen. Ich nahm an diesem schrecklichen Morgen kein Frühstück ein, verspürte nicht geringsten Appetit. Von meiner Familie verabschiedete ich mich mit gequältem schwarzem Humor. Falls ich bis zum Abend nicht zurückgekehrt sei, könnten sie von erneuter Inhaftierung ausgehen. Wider Erwarten kehrte ich bereits am Nachmittag heim. Sie hatten das Damoklesschwert einer zweiten Verhaftung, aus welchem Grund auch immer, nicht, oder noch nicht fallen lassen. Über das Warum konnte ich nur spekulieren. Vielleicht waren westdeutsche Stellen in meiner Angelegenheit aktiv geworden und hatten die hiesige Diktatur kontaktiert. Ich wußte es nicht. Doch diese Hoffnung sollte sich während der folgenden Monate zerstreuen. Scheinbar endloses Warten wurde von Vorladungen auf die Abteilung Inneres zermürbend begleitet. Bei ausreichendem Destabilisierungsgrad des Delinquenten sollte schließlich die endgültige Rücknahme des Ausreisebegehrens erzwungen werden. Aus dem Umstand, daß ich nicht arbeitete, gedachte man Asozialität, in der DDR strafrelevant, zu konstruieren. Ein absurdes Unternehmen. Diese Situation wurde künstlich erzeugt. In achtzehn Fällen bemühte ich mich um Tätigkeit. Erfolglos. Es fand sich niemand, der bereit war, einen „Ausreiser" einzustellen. Dieses perfide Spiel zehrte in zunehmendem Maß an meiner Substanz. Allmählich begann auch ich, am Versprechen des Botschafters zu zweifeln. Das durfte nicht passieren. Es war gefährlich, destruktiv. Ausweglosigkeit und Fatalismus infiltrierten meine Gedanken. Logik wurde temporär suspendiert. Ich reagierte plötzlich neurotisch, aggressiv. Suizidgedanken traten auf.

Ich erwartete keine Wunder mehr, als an einem Donnerstagabend das Telefon läutete und meine Cousine mitteilte, daß „Tante Clara" in zwei Monaten auf Besuch käme. „Tante Clara" mit Zeitangabe war der Code. Der Botschafter hatte mich gebeten, eine Chiffre zu nennen. Ich überlegte mir schließlich diesen Satz, der dem antiquierten Sprachschatz meiner betagten Cousine entlehnt war. „Clara" firmierte als Synonym für „Sonne". Ich konnte aus der Information schließen, daß in zwei Monaten die Sonne des Westens aufgehen würde. Innerhalb dieser Frist würde ich die Ausreisegenehmigung erhalten. Tatsächlich wurde ich drei Wochen nach diesem Anruf in die Abteilung Inneres bestellt. Widerwillig händigten s i e mir einen „Laufzettel" aus. Die Genossen vermochten nicht zu verbergen, daß ihnen die neue Entscheidung mißfiel und sie diese lediglich respektierten, weil von „oben durchgestellt". Solcher Moment verhieß baldiges Verlassen der Zone. Falls nichts Unvorhergesehenes, DDR-Negatives geschah, vereitelte. Es galt, das Verzeichnis abzuarbeiten. Gelang es in bestimmtem Zeitraum nicht, konnte die Ausreise in Gefahr geraten. Den terriblen Umstand verhindern! Fieberhaft, in höchster Eile, erledigte ich jede der auf dem Formular aufgeführten bürokratischen Schikanen. Die Prozedur bezweckte ausschließlich Enervierung und Derangement des „Ausreisers", sollte das Verräterschwein noch unmittelbar vor der Ziellinie zu einem Fehler provozieren, zu Fall bringen.

Bereits zwei Tage, nachdem ich die letzte Forderung des Formulars mit Mühe erfüllt hatte, erhielt ich erneut eine Vorladung der Abteilung Inneres. Das Unglaubliche wurde wahr. Sie überreichten mir, vollkommen fassungslos, eine Urkunde, die mich aus der Staatsbürgerschaft der DDR entließ. Wie treffend doch das Wort „Entlassung" hier Verwendung fand. Tatsächlich, besser konnte man die Dimension dieses Vorganges nicht beschreiben. Ungewollt hatte das Regime die Gefühle reflektiert, welche die Beglückten in diesem Augenblick empfanden. Gottesgeschenk, Befreiung. Auch mich erfaßten jene kostbaren Emotionen. Ich erwachte aus dem Alptraum permanenter, quälender Angst, Ungewißheit und Gefährdung. Der Botschafter hatte Wort gehalten. In diesem Moment fühlte ich Scham, den Anfechtungen des Zweifels und Mißtrauens nicht widerstanden zu haben.

Die Lakaien waren nun, laut Order ihrer Herren, gezwungen, bekanntzugeben, wann ich die Identitätskarte für Staatenlose auf dem Volkspolizei-Kreisamt in Empfang nehmen konnte. Am Tag der Ausreise genoß ich, aus zonalem Sklaventum freigegeben, den Status eines solchen. Voller Haß, Neid, Ohnmacht nahmen sie die neue Entwicklung zur Kenntnis. Am Einundzwanzigsten März konnte ich die Ausreisedokumente, Permit zu unversehrtem Passieren der Zone des Todes, abholen. Es galt nurmehr, zwei Paßphotos vorzulegen, von denen eines in das vorbereitete Papier gefügt wurde, während das andere bei den Organen verblieb. Vor meinen Augen leuchtete verheißungsvoll d a s Datum, welches sich dem Betrachter bürokratisch-nüchtern hinter Doppelpunkt als „Tag der Ausreise" präsentierte, aber ein neues, anderes Leben begründete. Nach Erhalt der ersehnten Pretiose verließ ich eilends das Vopo-Präsidium, befürchtend, es könne auch im letzten Moment noch alles hinfällig werden. In dieser Situatuion von dem irrationalen Glauben geleitet, man könne durch rasches Verlassen des unheilkündenden Gebäudes solche Katastrophe bannen, läßt ahnen, in welchem Maß Absurdes Platz gegriffen hatte.

Ich wurde aufgefordert, mich in der Nacht vom Fünfundzwanzigsten auf den Sechsundzwanzigsten

März auf dem Perron des Oberen Bahnhofes in Reichenbach im Vogtland bereitzuhalten, um Null Uhr Zweiunddreißig mit dem Dresdener Interzonen-Zug das „Staatsgebiet der Deutschen Demokratischen Republik" zu verlassen. Bis dahin verblieben vier Tage. Es befremdete, daß nicht gestattet wurde, in Karl-Marx-Stadt einzusteigen. Schließlich lebte ich dort. Allmählich vermochte ich, es mir zu erklären. Ich vermutete Sammeltransport. Wahrscheinlich hatten sie Vorkehrungen getroffen. Es galt, Aufsehen, das der Anblick größerer Ausreisergruppen erregen würde, zu verhindern. Potentielle Interessenten nicht zur Kopie des, wenn mit Zähigkeit plus outre betrieben, dennoch von Erfolg gekrönten Unternehmens zu motivieren. Seit Wochen standen zwei mittelgroße Koffer, das Notwendigste enthaltend, bereit. Ich war reisefertig und hätte es begrüßt, unverzüglich abzufahren. Die Zeit, welche es noch zu warten galt, schien unendlich lang. Ich durchstreifte während der folgenden zwei Tage ein vielleicht letztes Mal die nähere Umgebung des Elternhauses, meine unmittelbare Heimat. Scheinbar von unsichtbarer Hand wurde ich zu Orten geleitet, die mich seit meiner Kindheit magisch anzogen. Stätten jugendlicher Freude, romantischer Abenteuer, nachdenklicher Introvertiertheit, in einsamer Natur erfahrenen Seelentrostes, Verliebtheit, Liebe. Meine Eltern befanden sich in einem ambivalenten Gemütszustand. Was ich gewann, verloren sie. Neben ihrer Freude und Erleichterung über den errungenen Sieg, die Ausreise, standen in der Zukunft andere Schlachten bevor, deren Ausgang unberechenbarer, ungewisser war, weil es Prüfungen des Seelenschmerzes über die verlorene Familie und Heimat sein würden. Es würde eine Front sein, die im Labyrinth eines Aderlasses, der Amputation, der Leere, der Tränen, der Irrationalität unüberwindlich würde. Handlungen würden nicht mehr vom Verstande und realen Gegebenheiten, sondern von übermächtiger Sehnsucht nach dem verlorenen Ich diktiert. Einsamkeit läßt das Vermißte noch ferner, endgültig zerbrochen erscheinen. Der Vorsprung schwindet, Blöcke gewonnener Zeit schmelzen in gieriger Verfolgerglut. Der paralysierte Delinquent gerät zu einem Objekt des Spieles, ihm entgleitet die Rolle des Akteurs.

Von meinem Freundeskreis hatte ich Abschied genommen. Meine Eltern waren bemüht, während der verbleibenden vierzig Stunden nicht erneut in das Lamento der zurückliegenden Tage einzustimmen. Ein sternenklarer später Dienstagabend. Stunde des Abschieds. Entsetzlich beklemmende, herzzerreißende Atmosphäre. Das seelische Elend der Situation offenbarte sich in abgrundtiefer Widerwärtigkeit, ohnmächtigem Schmerz, gelangte in seiner zerstörerischen, tragischen Dimension zu Bewußtsein, in dem Augenblick, als die Fingerchen meines zweijährigen Bruders entglitten und er mir in ahnungsvollem Schlaf 'Lebe wohl' sagte, benetzt mit bitteren Tränen verzweifelter, endloser Traurigkeit.

Miserabel illuminiert, in tiefem, tristen Dunkel versunken, präsentierte sich die Stadt. Der Wagen entfernte sich. Gedankenverloren winkte Mutter ihm nach. Ich sah noch einmal das Gebäude vorüberziehen, in dem ich meine ersten Schuljahre verbracht hatte. Noch eine letzte, kleine Runde. Wir fuhren an den am Pelzmühlen-Tierpark gelegenen alten Villen vorüber, ehe die Straße nach Siegmar erreicht war. Es gelang nur unscharfe Wahrnehmung. Trüber Schlaf hatte sich ihrer bemächtigt. Den Berg hinab. Nach Passage der Bahnhofsbrücke wurde eine Anhöhe erklommen. Auf derselben drohte noch einmal Stasi-Areal, versehen mit einer Vielzahl i h r e r Objekte, als wolle es mir haßerfüllt bedeuten, daß ich i h n e n niemals wirklich entkommen würde, i h r e r unsichtbaren, zerstörenden Energie zumindest meine Psyche nicht entrinnen könne. Tatsächlich sollte mich der Fluch der Zone noch Jahre verfolgen und zum Martyrium meiner Seele werden.

Unmittelbar nachdem eine weitere Brücke durchfahren, führte der Weg in Höhe des schönen, idyllisch gelegenen Jagdschänkenbades zur alleeähnlichen Neefestraße. Wir verließen sie nach etwa einem Kilometer, um zur Plauener Autobahn zu gelangen. Daß es sich hierbei um eine solche handelte, ließ sich nurmehr mühevoll erkennen. Zu Beginn der Fahrt waren noch letzte Konturen der früheren Reichsautobahn sichtbar. Allmählich jedoch verloren sich auch diese in kraftvoll expandierender Seitenstreifen-Vegetation, die sukzessive, beharrlich von kümmerlichen, schlaglochentstellten Fahrbahnresten Besitz ergriff, ohne ihnen die Chance letzter Gnade zu erweisen. Das Tempo den Konditionen angepaßt, erreichten wir erst nach einer halben Stunde die Hartensteiner Ausfahrt. Eine Stunde vergangen, endlich, im Hintergrund fahl beleuchtet, Abzweig Zwickau. Unforgettable. Einzig markanten Punkt in dieser Tristesse bildete die in entgegengesetzter, Karl-Marx-Städter, Fahrtrichtung gelegene, gleißend hell erleuchtete MINOL-Tankstelle, die

angenehm zu bedrückendem Dunkel der Umgebung kontrastierte. Schlaglöcher und Bewuchs nahmen überhand. Fortbewegung war nurmehr auf der linken Spur möglich. Ein Schild setzte dieser traurigen Fahrt ein Ende. Reichenbach im Vogtland. Der Ort lag von der Ausfahrt entfernt. Nach zehn Minuten waren wir dort angelangt. Es galt, den Bahnhof zu finden. Reichenbach verfügt über zwei hiervon. Einen Oberen und einen Unteren. Bald war der Weg gefunden.
Ich hatte am Oberen Bahnhof zu erscheinen. Auf einer plateauähnlichen Anhöhe gelegen, erreichten wir ihn über eine Auffahrt, die unmittelbar zum Bahnhofsvorplatz führte. Wir parkten den Wagen, näherten uns eilig dem Gebäude, durchschritten die Bahnhofshalle, öffneten eine Flügeltür, betraten den Perron. Dort hatten sich bereits zahlreich mantelbekleidete Herren eingefunden, die aufgrund ihres spezifischen Typs unschwer als Stasi zu identifizieren waren. In der Traurigkeit des Abschieds galt es, Emotionen zu kontrollieren, wollte man nicht riskieren, noch im letzten Moment die Genehmigung zum Verlassen der Zone zu verwirken. Darauf hatte Abteilung Inneres zynisch-süffisant hingewiesen.
Ich zwang mich zur Ruhe, griff mechanisch in die Innentasche der Jacke, vergewisserte mich des Billets. Kein im zonalen Alltag gebräuchliches Ticket. Eine Fahrkarte in die Bundesrepublik. Nur erhältlich am internationalen Schalter. Gegen Vorlage des begehrten Ausreisevisums. Seit gestern befand ich mich im Status fortunagesegneten, stolzen Besitzes desselben. Argwöhnisch betrachteten die Bediensteten das Dokument, Unmögliches nicht für möglich haltend. Wie kann ein Mensch dieses Alters im Besitz eines solchen Papieres sein?! Tatsächlich, es war echt. Widerwillig, mißmutig händigten sie den permit für den Interzonenzug aus. Neidvolle Blicke taxierten die Route: Reichenbach i. V./Oberer Bahnhof-Plauen V./Oberer Bahnhof-Gutenfürst/Staatsgrenze-Hof-Frankfurt a. M.-Gießen.
Gespenstische Umstände imprägnierten, nährten, forcierten die angstvolle, nervöse, verstohlene, stille Betriebsamkeit der Ausreisewilligen, die von archenoahischer Sorge ergriffen waren, ihre Passage zu versäumen. Adrenalin. Die Lichter eines Zuges traten aus der Kurve hervor und näherten sich unaufhaltsam dem Bahnhof. Immer deutlicher erfüllte der Klang schicksalsschwerer Dieselmotoren deutschen Raum, wärmte, drang zum Firmament, verhieß Rettung aus Grauen. Die Lokomotive durchfuhr das zu niedrig scheinende Vordach der Station, ehe sie mit ohrenbetäubendem Lärm die nächtliche Stille zerriß. Das Getöse der Macht aus Kraft, Stahl und Mechanik verebbte allmählich. Scheinbar mühevoll gelangte die Maschine zum Stehen. Für Momente ergab ich mich meinem Schicksal, erwartete das Kommende als göttliche Bestimmung, dankbar für jeden erleuchtenden Fingerzeig, für jede Ahnung. Das Aggregat erwartete Weiterfahrt, verharrte ohne Patience, gleich einem in seinem viktorischem Vektor-Lauf aufgehaltenen wunderbaren, phantastischen, fabulösen, erlösenden Perpetuum Mobiles, unwillig im Angesicht seiner gezügelten Energie. Keinen Fehler begehen, darauf konzentrieren, rasch in den Waggon zu gelangen. Zeit des Abschiedes. Sequenzen eines Augenblicks, im Wortsinne Augen-Blicks. Wir sahen einander an. Tief. In unser beider Seelen. Das Bild verschwamm in Tränen, der Hände feste Umklammerung löste sich, sie glitten hinweg. Mehr als ein Abschied. Eine Trennung. Sie trug den Schmerz der Endgültigkeit. Der Beginn einer neuen Lebensphase. Ich begab mich narkotisiert, mechanisch in das erste Abteil mit Blickrichtung zum Bahnhof, in dem ich freien Platz gewahrte. Noch einmal wollte ich meinen Vater sehen. Der Zug fuhr an, er folgte ihm so lange er konnte, winkte ein letztes Mal, hielt inne. Ich war ausschließlich von Rentnern umgeben, setzte mich. Trance. Die Eisenschlange wand sich in langsamer Fahrt aus dem Bahnhof. Ich lauschte dem Spiel metallischer Klänge. Sie bildeten die Kulisse verhaltener Geschwindigkeit und ich verlor mich in ihr. Dieses Sedativum begleitete. Sing-Sang eigener Art. Mittlerweile hatte sich das Interesse der der Pensionäre auf mich gerichtet. Zunächst vermuteten sie einen Bundesdeutschen oder deutschsprachigen Ausländer, der zur Erweiterung seines zonalen Horizontes eine Bildungsreise unternahm. Ihre Blicke offenbarten betrogenes, enttäuschtes Leben, verlorene Zeit. Fetzen zerrissenen, aufgewühlten Nebels, ebenso zerrissen wie mein unglückliches Dasein, fanden sich ziellos, unruhig, marodierenden bösen Geistern gleich, in fahlem Licht.
Monotones Rauschen wurde von gleichmäßigem Schwellentakt begleitet. Es bot gewisse Orientierung, wenn dem Auge Wahrnehmung vorenthalten. Allmählich wechselte Tongestalt, erhielt Klarheit. Vage Zeichen gewannen Form, signalisierten Passage einer Brücke. Mit großer Mühe

gewahrte ich ein von blassen Lämpchen gesäumtes tiefes Tal. Die Bahn überquerte den majestätischen Göltzschtal-Viadukt. Der Zug bewegte sich wieder auf festem Grund. Er ließ eine von wabernden Nebeln verhangene, unscheinbare Station hinter sich, die in verbergendes Gewand schwarzer Nacht gehüllt, dem Wortsinne getreu, im Dunkeln blieb. Ein Uniformierter im Rang eines Leutnants durchschritt eilends den Gang und verharrte plötzlich. Fassungslos starrend, herrschte er mich an: „Was machen Sie denn h i e r ?!!!" Ich versuchte, Ruhe zu bewahren und antwortete so korrekt wie möglich, im Begriff zu sein, mit staatlicher Genehmigung die DDR zu verlassen. Barsch forderte er die Vorlage des Ausreisevisums. Unfähig, das unmöglich Scheinende zu akzeptieren, hielt er das begehrte Papier, ein wirkliches Wert-Papier, Fälschung vermutend, gegen das grelle Neonlicht, welches das Abteil penetrant illuminierte. Erfolg blieb ihm versagt. Realität zwang ihn, eine Tatsache zur Kenntnis zu nehmen, die ihm sichtlich Unbehagen bereitete, deren Existenz und Triumph zu vereiteln, ihn mit sadistisch-sozialistischer Spießersatisfaktion und Divertissement besonderer Art beglückt hätte. Dennoch entfernte er sich nicht sogleich, sondern suchte stattdessen mittels Zweck-Beleidigungen und Zonen-Laudatio zu stasi-relevanten Äußerungen zu provozieren, die im letzten Augenblick geeignet waren, einen politischen Straftatbestand zu konstruieren. Sie sollten sich als ihrem Ziele untauglich erweisen. Psyche, Emotionen, Sentiment widerstanden den Versuchen des Hinterhaltes, Expektorans verbalen Giftes ließ sie unberührt. Schließlich entfernte er sich verhalten, lauernd aus dem Compartiment, die Vergeblichkeit seiner Absicht erkennend. Großzügigere Beleuchtung kündigte das Vorhandensein einer Stadt an. Bald war Plauen erreicht. Einfahrt Oberer Bahnhof. Offiziere und Mannschaften der Zollverwaltung und Grenztruppen stiegen zu. Auf dem Perron ertönte schriller Pfeifton, ein grünes Handsignal wurde emporgehoben. Die Waggons wurden unsanft angezogen, die Lokomotive verließ langsam die Station und begann Fahrt zu gewinnen. Man hatte Plauen nicht zehn Minuten verlassen, als ein Hauptmann die Passagiere aufforderte, Ausreisedokumente und Zollerklärungen bereitzuhalten.
Erwartung der Demarkationslinie. In Deutschland. Durch Deutschland. Schemen kleiner, einsamer Häuser. Man rollte scheinbar unaufhaltsam gen Westen. Etwas Befreiendes, Phantastisches, Wunderbar-Endgültiges wohnte dem Wort „unaufhaltsam" inne. Nächtliches Geisterschiff in zuweilen trügerischem Ozean der Hoffnung. Nervosität überfiel mich. Improvisierte Ablenkung. Ich las ein unter dem Fenster angebrachtes kleines Schild in viersprachiger Aufschrift:
„Nicht hinauslehnen!" „Vnimanje! Nje..." „Ne pas se pencher au dehors." „Attention! ..."
DEUTSCHE REICHSBAHN. Metaphorische Kunde.
Wegmarken zogen vorüber. Nicht der Sehnsucht Schlüssel. Gutenfürst. Bereits hier patrouillierende Soldaten. Lichtkegel mehrerer Fahrzeuge. Konturen. „Trabant"-Militär-Kübelwagen wurden sichtbar. Auf der Jagd. Über Betonpisten. Mit aufgeblendeten Scheinwerfern. Such-Scheinwerfern. Ständige Grenztruppen-Präsenz. Kontrollstraßen und Postenwege wurden von Stacheldrahtzäunen und diversen Verhauen eingefaßt. Wahrscheinlich befand man sich seit geraumer Zeit, verborgen durch alles bedeckende Nacht, in militärischem Cordon. Im Hinterland der border line hatten sie eine Observations-Zone installiert, die jede Flucht im Keime ersticken sollte. Ein systematisches Arrangement von Sperranlagen, elektrisch geladenen Metall-Signal-Zäunen säumte fortan die Bahnlinie. Monotonie des Schreckens. Deutsch exakt installierte KZ-Zäune in perfider Typenvielfalt markierten eine sich unschuldig gerierende spezifische Geometrie des Todes mit finaler Konsequenz. Pathologische Präzision.
Flutlicht-Armeen illuminierten das Terrain in Sportstadien-Dimensionen. Perversion in gleißendem Gewand. Dem Betrachter bot sich eine makabre Szenerie. Der Kreis eines teuflischen Systems schloß sich. Zeugnis im geschundenen Fleisch der Geschichte. Morphologische Kunde.

VII. EXIT

Ein beinahe gänzlich in Schiefer gekleidetes Gebäude, an welchem der magische Name GUTENFÜRST zu lesen war, ließ das gottgnädige Erreichen der letzten Zonenstation zu unwiderruflicher Gewißheit werden. La gare ultime et ultimatif. Der alte Mann gegenüber blickte starr in imaginäre Ferne, Schatten verspürend, des Todes Dunkel ahnend, wissend, daß das Schicksal letzte Reise bestimmt haben konnte. Er gewahrte die Nähe der anderen Dimension, welche im Alter, augenfällig, angesichts der Verheißung, geschundene menschliche Existenz final von Pein zu erlösen, allmählich ihren Schrecken verliert, während sie diesen arglosem jugendlichen Gemüt noch einzuflößen imstande ist. Kaputt vom Leben, vom Leben kaputt. Das Ende vor Augen. Der Nachbar hatte es verstanden, seinen Brillantring noch rechtzeitig zur Innenseite der Hand zu wenden, ehe die Organe der Gier ihres widerwärtigen Tuns, geilspeichelnd sich delektierend, hemmungslosen Lauf lassen konnten. Seine Vorkehrungen sollten sich bald als richtig erweisen. S i e betraten zahlreich die Waggons und postierten sich vor den Abteilen. Die Passagiere wurden, gleich einer traurigen Perlenschnur, in den Gängen angeordnet. Der Hauptmann betrat, camping-stuhl-und tischbewehrt, das Compartiment, um, am Tischchen, mittels Speziallampe, ordnungsgemäß Dokumente zu prüfen, und, schließlich zu selbigem Ergebnis zu gelangen wie der Untergeordnete, Vorherige. Die Besitzer der jeweils kontrollierten Gepäckstücke wurden zum untersuchenden Organ gerufen und hatten, in demütiger Duldsamkeit geübt, dessen persekutorischer Impertinenz folgend, proletarisch-dumm-dreiste, bauern-schlaue Fragen präzise zu beantworten. Nachdem j e n e, ihren primitivsten Trieben, Brut der Niederungen, derer sie entstammten, folgend, in auch den letzten, dunkelsten, stinkendsten Winkel, sich giftigen, erbarmungslosesten Lichtes und feister, eiseskalt-getrimmter Bluthunde bedienend, gekrochen, dennoch keines Flüchtlings habhaft geworden, blieb der entseelten, degenerierten Kreatur einzig unbefriedigte Niedertracht. Doch, fern jeder elementaren Nächstenliebe, jeder Scham und jeden Respekts, verschonte diese auch um ihr Leben betrogene Rentner nicht. Schande hatte ihren Lauf genommen.

Die untersuchenden Handlanger des Regimes hofften zum Verbringen nach Westen vorgesehene Werte zu decouvrieren, welche die Reisenden zu schmuggeln beabsichtigten, um nicht gänzlich in entwürdigende Abhängigkeit von westdeutscher Verwandtschaft zu geraten, zumindest ein Rudiment ihres Stolzes zu bewahren. Die Büttel forderten sie schließlich auf, in die Coupés zurückzukehren. Der distinguierte Herr hatte es verstanden, keine Erleichterung zu zeigen. Er spielte Gelassenheit, Gleichgültigkeit. Es war ihm gelungen, die Pretiose vor dem niederen Verlangen Unbefugter zu bergen. Nachdem alle Koffer durchsucht, kulminierten die Schikanen in menschenverachtender, schlichter Bösartigkeit. Es folgte der Befehl, sämtliche Portemonnaies auf bereits bekanntem Camping-Klapptisch zu entleeren. Nun analysierte ein Oberleutnant das Resultat argwöhnisch, ein weiterer überwachte die traurige Groteske. Plötzlich schien alles vorüber. Die Zollerklärungen wurden abgegeben. Hunde und Halter verließen den Zug. Sie suchten das Äußere desselben ab. In letzter, gemeiner Hoffnung des Fündigwerdens. Aus der Ruhe zu folgern, die weiterhin keine Störung erfuhr, hatte Verbrechertum keine Erfüllung gefunden. Etwa eine Viertelstunde, nachdem die Uniformierten entlang der Geleise eine Postenkette gebildet hatten, ertönte ein Signal, wobei es sich nicht um das sonst übliche, sondern um den durchdringenden, kaltes Erschauern hervorrufenden Ton einer Fanfare handelte. Stille. Unendlichkeit mysteriöser Stille. Sie wurde durchbrochen. Lokomotiven-Wechsel sandte befreiende Vibration. Untrügliches Zeichen, daß die Fahrt alsbald Fortsetzung finden sollte. Die Glut der Nacht nährte des beginnenden Morgens Flamme, gebar das Neue. Es empfing mich in Gestalt des 26. März 1986.

Ein denkwürdiger Tag. Er barg, symbolisierte vieles. Abschied, Anfang, Hoffnung, Zweifel, Angst, Versagensfurcht, Schmerz, Sehnsucht, Trost im Glauben an Wiederkehr, Gottvertrauen, Gnade der Gewißheit guten Ausgangs. Diesel spielten schönste Melodien. Endlich setzte sich der Zug wieder in Bewegung. Das Bild des Zifferblattes prägte sich, meißelhaft, in mein Gedächtnis. Fluoreszierend teilte sich Zeit mit.

2 Uhr 37. Der Zug passierte im Schrittempo die Posten. Ein dankbarer Blick gen Himmel ließ Lakaien erkennen, die aus letzten Etagen eines turmähnlichen Observationsgebäudes die Szenerie barbarisch überwachten. Der gesamte Komplex wurde durch überdimensionierte Mega-Fußballstadionflutlichtscheinwerfer lückenlos, tödlich perfekt ausgeleuchtet. Die Schicksals-Bahn verließ langsam, allmählich, unauffällig den Sektor des Grauens und entrückte in das Reich der

Verheißungen und gelegentlicher, phantastischer Wunder.
Lebens-Schach. Die gleichen Geleise. In Deutschland. Der alte Mann lächelte. Hauch der
Satisfaktion. Geistreiche Momente.

Eine Woche Lager Gießen. Erste Befremdung. Endlich Abfahrt nach Bayern. Spuren verloren sich,
wie sich alles verlor. Das München des April 1986 präsentierte sich erfrischend, lebendig, zuweilen
herzlich. Auch dieser triste Frühlingstag vermochte nicht, frohe Erwartungen zu trüben. Obwohl von
empfindlicher Kühle umgeben, rauschte befreites Blut kochend in meinen Adern. Begierig sog ich
Reize in mich, fürchtend, ein Detail zu versäumen, zu übersehen, einen Augenblick nicht konzentriert
zu sein. Alles schien besonders, jedes Besonderheit. Alles verlangte Aufmerksamkeit und schien
diese berechtigt zu verdienen. Ich genoß des Münchener Hauptbahnhofes Halle, taumelte benommen
einem von Lichtreflexen zahlreicher Leuchtreklamen beworfenen Ausgang zu, gewahrte den
Vorplatz, an dem nichts außergewöhnlich, aber welcher dennoch besonders war. Er verfügte allein
über das Privileg, sich in einer imaginären Freiheit zu befinden, deren Magie ungeteilte Illusion gebar.

VIII. WESTDEUTSCHES TAGEBUCH, DES DATUMS VERLUSTIG

I. Horizonte

Ich näherte mich dem Ausgang, den Bertel, letztverbliebene Verwandte, in unserem Gießener Telephongespäch beschrieben hatte. Und tatsächlich erwartete sie mich an vereinbartem Ort, dem überdachten Taxistand. Dieser Treffpunkt hatte sich angesichts des Gewimmels als zweckmäßig erwiesen.

Wir nahmen ein Taxi. Ziel Gräfelfing, ein Münchener Vorort. Der Chauffeur wählte zu meinem Bedauern nicht den Weg durch die Stadt, sondern die Autobahn.

Zunächst war ich provisorisch in ihrer kleinen Wohnung untergebracht. Freude und Euphorie, einer Diktatur entronnen zu sein, ließen problematische Unterkunft in den Hintergrund treten.

Im Sommersemester 1986 begann ich Geschichte und Politische Wissenschaften zu studieren. Auftakt der bisher schönsten Zeit meines Lebens. Ich genoß jede Sekunde Freiheit, im Bewußtsein der Errungenschaft.

Ab Erstem November 1986 bezog ich eine Wohnung. Keine typische Studentenbude. Ich nahm Quartier in billigem, biederen Gebäude. Proletarische Vorort-Mietskasernen. Tristesse. Gegenüber zwei Haltestellen. Omnibus-Penetranz. Stadtbahnen führen aus terriblen Circonstances in Metropolen, die, zuweilen, Befreiung suggerieren. Ich verspürte Angst, die mich üblichen Schrittes hinderte. Fürchtete, daß gesunde Gewohnheit h i e r a l l e s zum Einsturz brächte, ahnte Unheil, fühlte Schmerz. Es galt und gilt, sich n i e m a l s der Diktatur stupider, uniformer Masse zu beugen. Alter Abgrund kehrte zurück, Schicksal lehrte Kategorien, in denen auch Tränen zum Troste n i c h t gereichen. Oder nicht zur Verfügung stehen. Spur des Grauens, des Nichts, des Todes.

Lokalisierte das Übel, um es zu eliminieren. Patience. Heilung. Substitution.

Zuweilen tangieren Idioten, niemals gesehen.

Beginn täglicher, froher Runde. Ich genieße die anmutigen Bauten Gärtners. Universität. Vorlesung. Hörsaal 225. Alte, knarzende Dielen. Insel im Sturm der Kälte, Niedertracht, Vertriebenheit, Heimatlosigkeit. Refugium. Oase. Labsal. Beschirmende, bergende, speisende, rettende Atmosphäre schenkend. Später Ludwigskirche. Vierzehntes Jahrhundert. Stätte des Seelentrostes.

Staatsbibliothek. Prachtvolles Gebäude, aufgeführt in altflorentinischem Stil. Literaturergänzung. Mittagszeit. Leopoldstraße. Mensa, erster Stock. Dem Mahl folgend, Cafeteria. Parterre. Doch man hat zu tun. Vis-a-vis Fakultätsgebäude mit Bibliothek, „Ferkelbau" genannt, da streng rosafarben.

Nachmittage der Muße. Castor und Pollux. Salve. Zu angenehmem Ausklang in das Bistro der Kunstakademie, um, bevorzugt in Gesellschaft weiblicher Kulturschaffender, Ellis gute Küche und Wein zu genießen, und, bei gutem Gelingen, weiteres Vergnügen folgen zu sehen.

Sommersonne lockt. Zeitig heraus. Gelegentlich Frühstück im „Schelling-Salon". Billard zu späterer Stunde. Mit Freunden, oder, bei Bedarf, allein. Nach Seminaren Englischer Garten. Laue Abende in diversen Biergärten.

Kalte Jahreszeit. Wolkenverhangenen Tages an manch' gnädigem Sonntag Pinakotheken.

Abgesehen von lohnenden Ausflügen, vor allem an den Starnberger, seltener den Ammersee, bevorzuge ich, Freibad und Städtische Baumschule passierend, sinnliche, genußreiche, ausgedehnte Spaziergänge entlang der Isarauen, via Prinz-Ludwigs-Höhe zur Großhesseloher Brücke, welche, grandiosen Blick gewährend, über den Fluß, auf dessen hohes Steilufer, zu beliebter Gartenwirtschaft führt.

II. Ahnungen des Glückes

II. Ahnungen des Glückes

Ausflüge nach Possenhofen, an den Starnberger See. Selbiger privilegiert von zahlreichen Sommerfrischen gesäumt. Einladende, herzerfrischende Dörfer. Villen, Schlösser. Anregende, nicht selten gesegnete Gärten, herzerfrischende Partien. Fühlte mich gleich abgeschriebenem Blatt in erbarmungslosem Sturme. Zermürbt vom Wahnsinn. Verflogen grausame Angst. Für Stunden. Bei klarer Sicht grandioses Panorama. Wendelstein, Zugspitze. Auf halbschattiger Waldlichtung der Kleider entledigt. Roseninsel im Blick. Hinübergeschwommen. Angenehme Erschöpfung. Dankbarer Empfang. Auf dem Steg. Sonne. Wunderbar. Rosengarten im Dornröschenschlaf. Inmitten wilder Pracht herrliche Villa im Stil Pompeijs. Sei langsam. Verharre.

Gern zum Heiligen Berg nach Andechs. Über Herrsching/Ammersee. Durch das anmutige Kiental.

In die Bergwelt. Murnau passiert. Eintritt in des Königs feinsinniges Reich. Linderhof. Hohenschwangau. Neuschwanstein. Alpsee. Willkommene Dimensionen der Entrückung. Zerstreuung. Kurzweil. Trost. Vitalisierend. Retour über Füssen, Reutte, via Tiroler Außerfern, Lermoos. Nach Bayern. Entlang dem Walchensee.

Durchzechte Haidhausener Nacht. Heiteren Gemütes auf den Rückweg. Gasteig-Anlagen. In frohem Taumel genommen. Selten in Lochham. Es erwartet heimeliges Domizil. Refugium. Bei anderer Gelegenheit nach Club Bettstatt Ohmstraße.

Der reizvolle Tegernsee hält vielfältige Abwechslung bereit. Sanfte Gestade, splendides Ambiente verströmen zuweilen norditalienisches Flair. Genußgieriges, nicht selten geltungsbedürftiges, blasiertes, mehr oder weniger gutsituiertes, mehr oder weniger stilvolles Publikum meist Zugereister, gern aus Düsseldorf, okkupiert, einmal ausgeschwärmt, Casino und Cafes. Sorglos, selbstbezogen, weltvergessen. Präferiert diesen Ort leichtlebiger, privilegierter bayerischer Südlichkeit. Selten gewordene Species alter Schule, Kultivierter. Zerstreuung suchend. Von penetranter, neureicher Degoutance belästigt.

Bei einer Freundin genächtigt.
Zum Baden geeigneter der milde, etwas verschlafene Schliersee. Aperitiv. Picknick auf Freudenberg. Digestion. Wanderung zur Ruine Hohenwaldeck. Des bevorzugten Blickes wegen. Schließlich Kaffee in Korbsesseln. Wie Churchill. In Jalta und Potsdam. Unweit Zell. Winters hier noch erstaunlich einsam-zweisamer Skifahr-Genuß.

Seltsamerweise habe ich den sturmunruhigen Chiemsee wie seine ebene Umgegend niemals bevorzugt frequentiert. Manch Passage neigt zu Traurigkeit. Es blieb ein ambivalentes Verhältnis. Die Schönheit des Sees erschließt sich nur im Zusammenspiel mit seinen Inseln. Abgelegt in Stock. Besonders die Herreninsel gilt es aufzusuchen. Diese erreicht man in einer Viertelstunde. In einer halben Frauenchiemsee. Das freundliche Eiland beheimatet ein Benediktiner-, später Augustiner-Chorherrenkloster. Ort der Zuflucht, Besinnung, inneren Einkehr. Hier folgte Irmgard, Kaiser Ludwigs Tochter als Äbtissin Gottes Werk. Zurückgezogene, einsame Häuser. Sedativ. Es empfängt erhabene Erscheinug. In prunkvollem Gewande. Lustvolle Kopie Ludwig XIV. Versailles. Es blieb Torso. Einzig zentraler Korpus erfreut sich seiner Form. Entree. Wollüstiger Marmor. Wohlgefällige Schauer. Leichtigkeit. Freude. Leben. Horloge mit Carillon. Schreibtisch ziert Astronomische Zeitmessung inklusive Kalendarium. Allerhöchstderselben wunderbares Schlafgemach. Genuß. Sinnlichkeit. Libido. Nachspüren. Dem Ideal. Seinem Ideal.
Ost-und Nordufer gewähren ungetrübt prachtvolle Rund-Sicht auf Kampenwand, Hochfelln, Watzmann, Sonntagshorn.

Des Baumeisters, Künstlers Quaglio begabte Hand ließ die Ruine der versunkenen, Erinnerung fernen, alten Burg Schwanstein als Hohenschwangau auferstehen. Torbogen. Hoheitszeichen. Wehrhaft. Imposanter Eintritt, gar euphorisch stimmend. Vorüber an einem Schwan. Marienbeschirmt. Mutter GOTTES. Georg der Drachentöter. Palas. Gemächer des Königs.

Thronsaal. Sängersaal. Tassozimmer. Ludwigs traumsterner Schlaf im „Befreiten Jerusalem". Heimelige Tropfsteinhöhle. Des Königs grotta azzurra, elektrisch beleuchtet. Eine schöne Linde, in deren Geästes beschirmender Muße Majestät zuweilen petit dejeuner zu genießen beliebte. Zwischenwelt. Erscheinungen künden. Beeindruckender Rundblick. Hohenschwangau, Alpsee, Schwansee.

Forst. Aufhellung. Kraftströme. Den Niederungen schnöden Alltags enthoben. Hier. Bei Majestät. Wundersame Sphären. Angenehme Verwirrung. Sehnsucht. Unbestimmt. Interferenzen. Mystisch. Weithin kündet von des Zaubers Thron, ernste, dunkle Wälder überragend, erhaben Burg Neuschwanstein, aus schwindelerregenden Höhen, steilen Schluchten, tiefem Sturz. Abgründe drohen. Gleich dem wahren Leben. Über die Marienbrücke. Blick in Tiefe. Halt in schwindelnder, schwankender Höhe. Drunten, gurgelnd Gewässer. Verhängnis ahnend. Gnade! Kein Entrinnen. Ertragen wir dieses Leben?! Dennoch. Pöllatfall. Pöllatschlucht. Vom Ursprung zum Finale. Tosend Inferno. Am dunklen Grunde. Doriphoros. Blick nach oben, zur Burg. GOTTES Licht. Kunstwerk edelster Phantasie.

Wundervolles, romantisches Refugium, Weltgefährdungen entrückt. Belebend, und dennoch von eigentümlicher Traurigkeit. Weg wählt Palas, Kemnate, Ritterhaus.

Schloß Linderhof, Rokoko herzerfrischend. Im Spiegelsaal. Ludwigs Schlafruh. Monopteros. Venus ziert. Zauber.

Falls liquid, Berchtesgaden. Der Ort wirkt nicht allein der reizvollen Lage magnetisch, magisch. Nicht allein des doppeltgekrönten Watzmanns wegen. Anziehungskraft dunkler Wälder emportürmenden Kalkalpenmeeres. Quartier in relativ preiswerter Pension. Fünf Tage avisiert. Damit Genuß sich bilden kann. Obersalzberg. Teehaus. Faszination des Bösen. Ende guter alter Zeit. Stätte des Weltverderbers.

Aufstieg Watzmann. Reinigung. Anderntags Königsee. Der Schönheit und Besinnung wegen.

Falls weiters liquid, Salzburg.

Gern nach Schleißheim, in das Neue Schloß des Kurfürsten Max Emanuel. Renaissance. Spätfranzösisch. Bevorzuge jedoch des Vaters Lustschloß, Nymphenburg, seine Fontänen, Wasserspiele, verträumten, intimen Pavillons.

Im Übrigen Besuch günstiger und dennoch stilvoller Orte der Kultur.

Geliebte Propyläen. Szenen griechischen Kampfes. Hellas' Wiedergeburt. Erinnerung. Prinz Otto zu Ehre und Zier.

III. Chimären der Freiheit

Auf das Materielle fixierte, von ihm determinierte Gratis-Mentalität, Expansions-, Akkumulations-, Depot-und Reservoirgier, mental und zeitlich limitierte Befriedigung erzielend. Allenthalben Gier. Verborgen oder in ungeschminkter Dreistigkeit. Krieg der Kreaturen. Einander vernichten, ruinieren, auslöschen. Uniforme Visagen. Es kann als Leistung gelten, Würde und Stil bewahrt zu haben. Geistige Hygiene. Schach des Lebens. Schach Matt.

Gott hat sich von der Kreation Mensch, einer der Evolution aus dem Ruder gelaufenen, nicht mehr positiv zu beeinflussenden, Fehlkonstruktion abgewandt, diese ihren Metastasen, ihrem Selbstlauf, ihrem Finale überlassen. Vergebens. Ein entartetes Experiment. Brüchiger Beton. Straßen ohne Abzweig. Vakuum des Sentiments, unendliche Tristesse. Mühsal, Plage, Pein. An böse Geister verloren. Schließlich sich selbst verloren. Das Primitive, Hinterhältige korrespondiert miteinander, erzeugt gegenseitige Affinität, findet sich in seiner elementaren Nichtigkeit. Schreckliche Ödnis. Selektion verschlagenster, gewissenlosester, brutalster Elemente. Doch die Unausweichlichkeit des jüngsten Gerichts verschlingt auch sie.

Diese Angelegenheit verlangte, barg Aufklärung. Sie bewies schlüssig, stringent durch Existenz, bewies in sich selbst, durch sich selbst, stellte bereits suffizient Beweis dar, verfügte über hinreichend testimonische Kraft. Aussagewert.

Attentat. Perfide. Nicht fernen Tages psychisch, physisch verstanden. Bedeutung zum Vortrage bringen, verboten, ohne Sinn, Ziel. Geboten, zu hören, zu schweigen. Scheinbar unaushaltbare Stille ertragen. Stark und stärker werden. Mißliche Circonstances. Wachsen. Nicht preisgeben.

Pretiose Fähigkeit. Beobachten. Kategorisieren. Archivieren. Ungestört. Nach Gelegenheit. Präferenz.

Schmerz, Melancholie behüteter Kindheit in der Diktatur wurden durch das Elend des heimatlosen Flüchtlings, die tatsächliche Furcht des Exilanten vor Scheitern, Nicht-Resistenz, Kapitulation, unconditional surrender, sich entziehenden Umständen, dem erbarmungslosen Schlund kapitalistischen Abgrundes, Krankheit, Armut, Tod abgelöst.

Ich ließ mich in den Schlaf sinken. Überdrüssig des Lamentos, Eiseskälte der Verlassenheit spürend, ohne Bezug. Es half nicht, den Kopf unter der Decke zu verbergen, in das ihr eigene Dunkel zu tauchen. Bar fester Burg. Kein Entrinnen. Nicht länger.

Bescheidenes Obdach der Fremde. Stimmengewirr. Klingel-Terror. Große Fäuste schlugen an die Tür. Provozierend. Aggressiv. Boshaft. Unkultiviert. S i e zelebrierten Spiele bitteren Winters. Dunkle, unheilvolle Geräusche krochen aus dem Bauch kleingeistigen Ortes. Vorerst gelang es nicht, sich ihnen zu entziehen. Suchte neue Variante. Entdeckte verschiedene Spielarten, Wechselfälle, Methoden, Systeme, schließlich ein Prinzip. Prinzip des Kreises. Prinzip konzentrischer Kreise. Jenes des Abstandes und der sukzessiven Verringerung desselben.

Die Spezies des verbrecherisch Mittelmäßigen erfreut sich scheinbar unaufhaltsamer Konjunktur. Zunächst Ende der Euphorie.

Draußen sangen, kreiselten Blätter im Wind. Ich vernahm das Heulen eines Automobils, Bahnen der Konfusion in den nahenden Morgen brennend. Zu eigener Tristesse gesellte sich die Tristesse der Jahreszeit, des Herbstes. Zunehmend räsonnierte ich über Sterben, Sterbende, suchte mir vorzustellen, Gevatter Tod erschiene. Würde man ihm lautlos, ohne Schmerz oder im klagenden Angesicht des Leides anheimfallen? Wie es auch kommen mochte, wenn keine Gewißheit, so blieb hoffende Sehnsucht, nachdem der letzte Atem des Lebens verhaucht, sich in heimischer Erde zur Ruhe gebettet zu wissen.

Natur wechselt ihr Kleid, einen Teil ihrer selbst, um im nächsten Frühling neu geboren zu werden, wunderbar aufzuerstehen. Doch dies konnte in jenem Augenblick kein Trost sein. Vieles erschien plötzlich beladen, mühsam, schwer, sinnlos, endlich.

Glaubte Schritte zu vernehmen, glaubte das Knarren der alten Holztreppen meines Elternhauses zu hören. Ein Irrtum. Es existierten keine Räume, Korridore mehr, günstigstenfalls endeten nun Ansätze derselben nach wenigen Schritten an tristen, primitiven Wänden. Fühlte Amputation.

Körper und Geist werden im Abendland oft als getrennt angesehen. Feinädrige Tropfen erkenntnisschwangeren Geistes fielen siedendheiß auf die Ebenen des Horizontes der Wahrnehmung, veränderten, erweiterten ihn. Gleich barocken, reifen roten Weines fließen eines fernen Tages freudetrunkenene, farbige, illuminierte, verstehende, gerettete Tränen der Weisheit in den verschlungenen Gefäßen der Erfahrung, des Lebens. Satisfaktion.

Mit Einführung des Geldes hat sich der Mensch aus dem Paradies vertrieben, zum Sklaven desselben degradiert, sich einem mörderischen Spiel und dessen mörderischen Konsequenzen unterworfen. Er hat das eigentliche Leben getötet, ihm wahren Sinn genommen, der Heiligkeit seiner Schöpfungsbestimmung, der Größe seines Inbegriffes beraubt, es entweiht.

Geld ist multifunktional, multilateral, international. Es kann alles zahlen. Außer Physis und Psyche.

Jede Mark gedreht. Falls noch in der Lage. Im West-Paradies. Allerorten. Allenthalben. In den Niederungen der Masse stellt sich diese Frage. Und nicht nur dort.

Sie lachte zu Gelegenheiten, die hierzu partout keinen Anlaß boten. Sie lachte häufig ohne Grund. Das Leben beschreitet nicht selten verschlungene, dunkle, mysteriöse Pfade. Te morituri te salutant! Bewohner dieses Planeten sind ohne Entrinnen, ohne Regel zum Tode bestimmt, ihm letzten Endes gewidmet, hilflos ausgeliefert, dennoch anvertraut. Sämtlich zum Schafott. Brechreiz. Bald nach dem Erwachen. Unheilkündendes Klingeln an der Fremde primitiven Türen. In finanzieller Bedrängnis, gar Armut befindlich, erlitt ich mein Flüchtlingsschicksal als Spielball erbarmungsloser, zerstörender, kalter Fremde. Ich befand mich vor ultimativem Punkt. Es galt, der transzendentalen Poesie des Risikos wundersam gewahr zu werden. Ist es tatsächlich stets ratsam der Allmacht des Wunsches zu gehorchen? Vielfach wurden die Gesetze der Ästhetik mit Profanem getränkt, entstellt, degradiert, ihrer Seele beraubt. Mittels des Niederen hatten die Verkommenen sich der Mühsal und berechtigten Forderungen des Feinsinnigen, Erhabenen entledigt. Wo mochte sie sein? Wie leuchten heute ihre einstmals bezaubernden Augen? Fragen. Sie sollten unbeantwortet bleiben. Züge der Zeit. Exil heißt Trennung, zuweilen für immer. Bedeutet Trennung anderes als Tod? Bedeutet Tod anderes als Trennung? Das Leben teilt harte Schläge aus, oftmals blind und ungeprüft. Ich suggerierte Interessenten, daß Dreck Wert darstelle, verstand es noch aus dem Nichts zu ziehen, zu kreieren. Ich verkaufte ihnen Illusionen ihrer selbst. Welches und wessen war ich schuldig geblieben? Tatsächlich nichts. Mehr Schein als Sein reüssiert als nutzbringendes Motto. Es handelte sich lediglich um eine Frage der Präsentation, des Designs, schließlich der Vermarktung. Geist und Selbst zu Ruhe geführt.

Taubenschreie. Beschmutzt, doch nicht verlogen. Worte trafen kalt, klar, unerbittlich. Einer dieser grausamen Tage. Versatzstücke erschütterter Existenz.
Psychologische Analyse. Fürwahr. Bedauernswerter Zustand.
Subtile Ventilatoren durchzogen Räume, ließen diese sanft erbeben. Den Plafond zierten Ventilatoren in Flugzeug-Propeller-Form. Sie spendeten Frische. Angenehm. Feinperliger Schweiß drang an Haut-Oberfläche. Spöttisches Lächeln umspielte gelangweilte Lippen niemals entbehrten, bereits personifizierten Divertissements, zu Gewohnheit gewordener Zerstreuung.
Der Gedanken Macht gereichte denselben zu Wirkung.

Sie gierte nach Immobilien, vermochte jedoch nicht, diesen Begriff orthographisch korrekt darzustellen, sodaß sich dieser schließlich als „Imobilien" präsentierte.
Verinnerlichte erneut den Charakter ihrer Familie. Nicht wenige Menschen erliegen diesem Irrtum, richten sich damit merklich-unmerklich zugrunde.

Vorerst irritierte der Wasserzähler mit gnadenloser Registratur. Ich empfand ihn sogleich als abstoßend. Mit ihm und dem folgenden Procedere legte sich erster, subtiler Zweifel auf das System des sogenannten „Freien Westens". Gottlob triumphierte logisch-mathematisches Prinzip, nach welchem, in ultima ratio, die Gesamt-Materie hiesiger Welt konstruiert ist. Es rettete mich.

Erneut wurde ich von Unruhe erfaßt. Gesucht die Kunst, mittels Distanz Nähe zu erzielen. Zuweilen Gnade erfahren.

Im System, hiesig, gelten Kinder oftmals weniger als Hunde. Dieser Sachverhalt wird nicht allein dadurch dokumentiert, daß das Wertvollste jeder „Gesellschaft", weil einzige Hoffnung ihrer Reproduktion, zu freudigem Spiel in Höfen und Korridoren deutscher Mietskasernen, in Kleingärten sogenannter Eigen-Heime nicht zugelassen ist, auch innerhalb öffentlicher Verkehrsmittel, in welchen es schamlos, unverhohlen, allgemein sichtbar laut Tarif, da als ebenso unrentabel definiert, selbigen entspricht, mithin signifikanter Indikator einer Atmosphäre zunehmender Abstumpfung, Verrohung, gesteigerten Materialismus' einerseits, grassierender Verelendung, Armut, wachsender Fixierung auf Elementares andererseits, weitverbreiteter, pathologischer (Un-) Menschen-Mentalität, schließlich des Bankrottes eines verkommenden, verfaulenden Gemeinwesens, welches diese Bezeichnung tatsächlich niemals verdient hat, heute jedoch weniger denn je verdienen könnte.

Nicht selten erfahren der neue Samen, der neue Humus, die neuen Träger der Zivilisation gemeinere Behandlung, geringeren Respekt, bescheideneres Prestige als tierische Lieblinge.

Automobile hingegen genießen Aufmerksamkeit, Reputation.

IV. Abgründe

Alles war davon abhängig, daß dieses Unternehmen gelang. Es sollte für mein weiteres Schicksal bestimmend sein. Dessen günstiger Verlauf erwartete angemessene Bedingungen. Instrumentarien essentieller Kategorie. Prioritäten.
Blickte aus den Fenstern der Villa. Nurmehr in Gedanken. Vergangene Bilder erschienen. Spiegel verlorenen Lebens.

Zum Untergang prädestiniert jene, die auch in der Niederlage keine Neigung verspüren, sich dieser zu stellen, s i e, unter den Gestirnen eines dennoch glücklichen Umstandes, des oft beschworenen Glückes im Unglück, in ihr Gegenteil zu verkehren, dank gnädiger Fügung veritablen Nutzen aus gütig Vergangenem zu ziehen.

Geographie, Klima, Lebensumstände, situative Bedingtheit prägen jeden Menschenschlag, brennen ihm unverwechselbaren, zuweilen mysteriösen, zuweilen dunklen Stempel ein.

Gelungen. Kondition ohne konditioniert zu sein.

Sie indoktrinierte, verkörperte Indoktrination, begehrte zu Vieles, führte in Versuchung, hatte nicht gelernt zu warten.

Das Werk sank, stürzte, wurde nichtig. Sein, Zweifel, Verzweiflung endeten.
Ströme der Leere, der Flucht, raubender, entkernender, zerstörender Sog des Sinnlosen. Sukzessiver Verfall der Opfer. Das Unheil feiert zeitlose Momente zynischen Hinterhalts, orgiastischer Niedertracht.

Auch elementar-menschliche misericordia ist Fanatikern fremd. Sie folgen einem landläufig euphemistisch als Ideologie titulierten Unwesen, einzig psychopathologischer Existenz verfallen. Vergiftete Ausgeburten vergiftender, parasitärer Destruktion, fern jeder Gottesfurcht, Schöpfungsachtung, Güte, in entrückter Anmaßung allein Ego zelebrierende Sendboten der Apokalypse.

Handlanger des Teufels, betrifft sie anmaßend verordnetes Ende eines Tages selbst, winseln in höchstabsoluter Majorität, das Tribunal möge ihrem unheilvollen Dasein Gnade zuteil werden lassen. Ihnen ist Großmut fremd. Eine Superspecies, mephistophelische Creme, bekennt sich ohne Lamento zu ihrem Tun, zeigt keine Todesfurcht, keine Reue, erfleht nicht heuchlerische, hinterhältige, demütigende Vergebung, versteht das Fatum des Todes als Ausdruck der Strafe, Rache. Von Bewußtsein und Stolz getragen, oder lediglich Attitüde offenbarend, erwartet sie mit kalter Todesverachtung das Urteil.

Die Summation akkumulierter Lebenserfahrungen, Lebens-Verletzungen riet mir, Menschen nurmehr selten zu vertrauen.

Unter Decken wohliger Betten ergeben sich zuweilen neue Sentiments, Perzeptionen, Sichten der Dinge. Liebende versanken miteinander, ineinander, von sattem Grün üppiger Landschaft beschirmt, tranken von sonne-und monderleuchtetem Kelche seligen Lebens, gewahrten berauschendes Parfum sich in lauem Sommer-Abendwind wiegender, reibender Bäume, gewahrten Freude, Lust, Glück.

Ich liebe die Nacht, sie vermag mich zu mir selbst zu führen. Sie beschirmt mich mit bergender, schützender, freundlicher dunkler Hand des Gefährten, läßt mich zumindest für Stunden der gnadenlosen Unbarmherzigkeit und Penetranz des Tages entfliehen. Doch eine Schlafstatt vermag, fehlender Alternative gewärtig, gleichsam negativ magnetisch, auch paralysierend, aushöhlend, entkräftend, in trügerische, falsche Wärme, tatsächlich morbide, elende Unwärme des Abstiegs, Niedergangs, Abgrunds, klebriger Stagnation, permanenter Versagens-Präsenz, scheinbar unendliches Nichts, unendliche Nichtigkeit hinabzuziehen. Warten? Worauf warten? Auf den Tod warten. Finale Optik. Miserable Umstände verdammen zu trauriger Lächerlichkeit, verdammen, zu scheitern. Anstrengung gerät zur Farce. Keine Befreiung. Hoffnung ausgehaucht. Ich sank dahin, ließ mich treiben, bar jedes guten Gefühls, Träume verloren. Ich trauerte um die Gärten meiner Kindheit. Ihre Bilder versanken im tiefen Meer der Vergangenheit und harrten des Weges der Wiederkehr.

Ich fühlte mich elend, war es leid, ständig mit Krisen zu kämpfen. Diese Frau ließ mich krank werden. Es fand sich zu wenig, viel zu wenig Inhalt, um zumindest zufrieden sein zu können, denn von glücklichen Zuständen sah ich mich in diesem Augenblick weiter denn je entfernt. Die Vokabel „glücklich" schien bereits seit langer Zeit aus meinem Wortschatz getilgt, schien mittlerweile in für immer unerreichbare Ferne entrückt. Angesichts gesamter Sinn-und Ausweglosigkeit spielte ich tatsächlich zuweilen mit dem Gedanken, meinem tristen Dasein ein Ende zu setzen.

Psychopathen ruinieren oftmals ihre einzigen Freunde, zerstören die, welche ihnen aufrichtig helfen wollen. Sie versuchen das zu ihrer Gesundung und Salvation fähige sukzessive zu zersetzen, aufzulösen und schließlich zu vernichten. Nicht selten terrorisieren und quälen sie den Helfer, sind von perverser Begierde getrieben, auch diesen in Krankheit und Verderben hinabzuziehen, ergötzen sich, mit unverhohlener Genugtuung, an der traurigen Ohnmacht und dem unweigerlichen Scheitern aufopfernder und selbstloser Bemühungen, in deren Mittelpunkt sie stehen. Sie verspüren Lust am Untergang des Samariters, noch bevor sie ihren eigenen zu inszenieren gedenken.

Als niedrig gilt nicht, wer die Bequemlichkeit oder Faulheit zu denken, und damit auch das Leben, die Welt zu erkennen, überwindet. Wem es gelungen ist, Kopf und Fleisch von zerstörender irdischer Schwerkraft zu lösen, vermag sich auf relativ festem Terrain des Seins zu bewegen.

Obwohl feuchtwarm, vermochte der Sommer des mysteriösen Jahres nur wenige Insekten hervorzubringen.

Auch dieser Nachmittag hatte sich erneut als höchst anstrengend und aufreibend erwiesen. Wir waren zusammen einkaufen-eine schreckliche Qual. Ich gab ihr zu verstehen, daß ich keinesfalls gewillt sei, ihr kapriziöses Gebaren länger zu ertragen. Ich erklärte ihr, daß ich hiervon über alle Maßen satt sei. Überdies ließ ich sie wissen, daß ich auch ihre schreckliche, kranke Eifersucht nicht länger erdulden könne und wolle, schließlich versuchte ich ihr zu erläutern, daß sie mir ständig wertvolle Substanz aussauge, die ich für bedeutsamere Dinge als ihren täglichen fortgesetzten Zwist, ihre tägliche Psychopathie, ihren täglichen Egoismus, ihre tägliche Egozentrik, ihre täglichen weltvergessenen, weltfernen, weltabgewandten, weltfremden Bedürfnisse, ihre täglichen, ständig wechselnden, ständig oszillierenden Launen, ihre täglichen Schauspiele, ihre tägliche Selbstdarstellung, Selbstinszenierung, ihr tägliches Theater, benötigte. Meine kostbare Energie und Kondition sollte nicht länger an Sinnlosigkeiten verbluten, vergehen, vergeblich werden, verderben, zerfließen, nichtig werden, Nichts werden, mißbraucht, vergewaltigt werden, geraubt, zerstört, ruiniert werden.

Einzig wer, nach geistigem Vermögen und Möglichkeit, in geringem Maße Dinge ohne Sinn spricht, redet automatisch weniger, lediglich Schwätzer sprechen stets vieles, viel zu vieles, jedoch oftmals ohne Sinn, landläufig als "Bla-Bla-Bla" bekannt.

Conditio sine qua non. Konzentrationsfähigkeit. Notwendigen Vorsprung erlangen. Vor ihnen. Den A n d e r e n. Gegen diese Elemente in täglichem, erbarmungslosem Konkurrenz-Kampf nicht lediglich zu bestehen, sondern sich durchzusetzen. Archaische Reaktionen. Daseinsbalance.

Konsum-Kids. Frühere Spiele der Kindheit beinahe unbekannt. Amerikanisierte junge Geschöpfe. Signifikante Selfmade-Tendenz. Ausgeprägte Darstellungs,- Genuß-und Erlebnisdisposition.

Hoffnung und Zweifel. Sollte mein bisheriges Leben einziger Irrtum gewesen sein? Es konnte kein Irrtum gewesen sein!

Ähnlich blaßgrauer Schrift glitten, nurmehr als schwächliches Kratzen vernehmbar, hauchhaft aufgetragene Züge morbider Bleistifte auf starkem, widerständigem, damit widerstrebendem Papier im Buch des Lebens dahin.

Sinnliches Rauschen. Daseins-Beichte. Zuweilen.

Wunderbar, einmal nicht zu sprechen. Denn: Es fordert Energie.

Schweigen. Erholsam. Ruhigem Grabe gleich. Gottes Acker. Endlich.

Siebziger. Präsentabel gut gehalten. Vortrefflich konserviert. Doch es sollte ihnen nichts nützen.

Sie galten als abgelaufen, ausgelaufen. Sogenannte Auslaufmodelle.

Ihre biologische Uhr gehorchte jedoch verhaltenerem Takt. Nachgeborene sollten erstaunen, sich gar in Acht nehmen! Konkurrenz eigener Art, die zudem, gefährlicherweise, oftmals wesentlich jünger wirkte, als sie kalendarisch tatsächlich war. Wenn auch die innere Mechanik perdu, die äußere schien es längst nicht. Dennoch nahm das Ende gnadenlosen, unentrinnbaren Lauf. Vergeblich, diese Gewißheit um gütige Umkehr, mildtätigen Aufschub zu bitten. Trügerisch und zum Scheitern verurteilt der in den Augen des Universums lächerliche Versuch, das Vorbestimmte auch nur um temporäre Marginalien verzögern zu wollen. Wenn Gevatter Tod erschien.

Und der Sensenmann holte, sie wurden weggeworfen, fielen ihm anheim, endeten auf seinem großen, schwarzen Wagen. Es sollten noch jung, frisch, gut aussehende Leichen sein. Schöne Leichen.

Zeit verstrich. Allenthalben sinnlose Aufgeregtheiten, blinder, planloser Aktionismus. Ich fiel vom beinahe Alles in beziehungsloses, bodenloses Nichts. Oft fragte ich mich, ob eine reale Möglichkeit bestand, einen wunderbaren status quo ante zu bewahren, zu retten, wiederherzustellen. Zu Hause galt man etwas. In der Fremde des Exils gilt man nichts. In der Heimat war man bekannt. Als Zugereister, outcast, wird man nicht bekannt, nicht anerkannt, nicht einmal erkannt, gelegentlich verachtet.

Mit den Experimenten meiner Jugend begann für mich jenes halsstarrige, unkalkulierbare Abenteuer, welches mir heute als verantwortungslose Dummheit, als Dummheit gegen mich selbst wie gegen andere, als Attentat auf meine Existenz erscheint. Ein Wagnis mit unbekannten Größen, Faktoren, sich entziehenden Variablen, chamäleonhaft getarnten, sich ständiger Metamorphosen bedienender Risiken, Gefährdungen und Gefahren, die auch Leben kosten können.

Substanz angreifende und fordernde Mühen sollten sich nicht nur als unverhältnismäßig, sondern angesichts eingetretener, früher nicht erwarteter, seitdem hinlänglich bekannter epochaler Umwälzungen, als nicht mehr lohnend, geschweige denn belohnend -falls sie dies jemals gewesen sein sollten-, wenn nicht als vergeblich erweisen.

Landauf, landab dröge Gefilde, dröge Bewohner, gezwungene Kreaturen entstellter, verkümmerter Natur, aufdringlich versucht, grotesk-widerwärtiges Image abzuwerfen. Zuweilen folgen ihre Handlungen und Absichten noch immer verhängnisvoller Irrleitung, bemüht geistreich zu erscheinen, tatsächlich jedoch der Oberflächlichkeit und Hilflosigkeit überführt, allerorten falsches Mitleid erheischend.

Der Geruch des Herbstes. Herbst verleiht mir neue Kraft, erfrischt mich, läßt mich genesen. Ich fand mich angenehm introvertiert, registrierte ein seit langem entbehrtes, lange vermißtes, beinahe vergessenes Sonntagsgefühl. Positiver Mechanismus schien in mein Leben zurückzukehren. Deutschlands Geschicke entschieden sich nicht selten herbstens. Hier wächst er über bloße Jahreszeit hinaus, verfolgt und beschwert, sich einem unheimlichem Kontinuum nähernd, schicksalhaft deutsche Historie.
Frischer Schnee bedeckte altes Laub. Eisige Gewässer dampften, dennoch wollüstig, in bescheiden wärmender Morgensonne. Polarsturm heulte wolfsgleich über verlassene Gräber, beklagte unglücklich Heimgesuchte, verstörte zur Ruhe gekommene schlechte Gewissen.

Beißender Geruch lag in der Luft. Mondlicht traf auf pechschwarzen Horizont. Aus Frosch-Hälsen bahnte sich, unter scheinbar quälendem Ringen, Atem zu ballonförmiger Befreiung seinen Weg, verließ den Pfuhl. Auch laue Sommernächte hielten kalte Träume bereit. Sollte dieses triste Los das meine sein? Warum?

V. Hoffnung

Zwischenzeit. Morgendliche Einsamkeit ist mir zuwider. Sie läßt mich erschauern. Ich versuche stets, ihr zu entgehen. Befällt sie mich dennoch, gewinne ich das stille Mitleid alter Sessel. In solchen Situationen vermögen einzig sie, mir Trost zu spenden. Zuweilen droht der Zug des Lebens die Geleise, auf welche das Schicksal ihn gestellt, zu verlassen. Sofern er sich noch auf diesen befindet.

Es gelang mir in dieser Nacht nicht, Schlaf zu finden. Als das Armband der Uhr meines Großvaters zerbrochen, schien die letzte symbolische Erinnerung an Kindheit, Jugend, Elternhaus ausgelöscht. Eisige, bittere, gnadenlose Ahnung ließ fühlen, daß ich mit diesem Letzten alles verloren hatte. GOTT allein konnte, wenn es ihm gefiel, durch ein Wunder meine Rückkehr bewirken.
Es blieb Hoffnung. Sie hielt aufrecht, ließ den Kopf nicht senken, den Mut nicht verlieren, hielt vielleicht sogar am Leben. Ich vertraute darauf, daß sich der Kreis dennoch zum gut Gewollten schließen würde. Tage, die ohne konstruktives Ergebnis verstrichen, empfand ich als sinnlos, leer, tot.
Die Zeit erwies sich als unerbittlich, und man sollte sich im eigenen Interesse nicht minder unerbittlich zeigen, wollte man in ihr bestehen.
Versuchte, mich fallenzulassen. Endlich gelang es. Ich ließ mich zurücksinken.
Für Momente hatte ich die Welt vergessen, spürte mit jeder Faser meines Herzens, jedem Orte meiner Seele, jedem Fühler meiner Sinne der Vergangenheit nach. Erneut wurde sehnende, fiebernde, verzweifelnde Hoffnung im letzten Atemzug genährt. Sie dankte dem Regen, dessen flüchtig rinnende, sich separierende Tropfen am Ende dennoch wieder zueinander fanden.

Radiale Sonnen-Kraft durchdrang Geist und Körper. Nicht allein wärmenden Sinnes.

Ihn jedoch vermochte diese Kraft nicht zu erreichen. Er blieb ihr fern.

Mit gespielter Herzlichkeit, falscher Umarmung raubte ein noch erhellter Berber dem alten, seit langem verwirrten dessen kärglich Brot.

In Momenten photographischer Erschöpfung enthüllt sich zuweilen Wahrheit.

Kalter Puls, rasendes Herz. Alles schien plötzlich letzte Station, letzter, trauriger, ungewollter, erzwungener Aufenthalt. Ich verspürte keine Lebensfreude mehr, fand mich bar jeder Kraft, elend, schwach, offenbarte Desinteressement. Konnte und wollte nicht weiter, hoffte die Tage des Vegetierens mochten rasch vergehen. Vernichtende Momente. Ausgebrannt, leer, gebrochen.

Salvation aus Vernunftbegabung. Ich nahm scheinbar einzig denkbaren Ausweg in scheinbar auswegloser Situation. Kein besonderer, doch präsentierte er sich als allein bestehender, als von allen Übeln das zeitweilig geringste. Bald sollte auch dieses unerträglich werden. Zumindest eröffnete sich in gewissem, wenn auch bescheidenem, Sinn und Maß Gelegenheit zu Atempause, Regeneration.

Ich sollte mich erneut zusammenfügen, aufstehen. Erinnerungen, alte Gedanken vagabundierten in meinem Kopf. Schließlich, die Natur läßt sich nicht betrügen. Aus Mißverständnissen erwachsen oftmals irreversible Fehler.

Beharren. Verzicht kann zu übergeordneten Zielen führen.

Durch Gegebenheiten der Zeit definierte Kontakte. Auch fähig, das Individuum zu unterwerfen, seiner habhaft zu werden, es zu zerstören, zu vernichten.

Tradition. Beispielsweise das Essen. Früher genoß es landläufig berechtigt den Stellenwert eines Rituals, stets zu bestimmten Zeiten eingenommen, heute nurmehr gehetzt, unregelmäßig fast food verschlungen.

Genuß, Gelassenheit, Phantasie, Räume und Beweglichkeiten. Worte aus Schätzen entfernter Paradiese.

Nicht wenige Menschen folgen im Leben eilfertig ihrer wie fremder Dummheit, ihrem wie fremdem Unvermögen. Darin gefangen, erwartet Verhängnis.

Supermarkt-Mentalität. Abhängigen-Servilität. Bürokratischer Kleingeist. Pathologischer Geiz. Profane Häuschen zu Villen deklariert. Wehre mich, möchte nicht in idiotischer Ahnungslosigkeit vergehen. Einzig nonkonforme, ungebundene Wesen vermochten zu beherbergen, Wärme zu spenden. Allein wahrhaft freie Wissenschaft, Kunst, anarchischer Weltgeist, dekadenter Luxus, Rudimente originaler Landschaft, verwurzelter, natürlicher, ungezwungener, archaischer Gebirgsmenschen figurierten magischen Fluchtpunkt, Labsal, Kraftfeld, energetischen Brunnen. Inseln des Lebens, der Freiheit.

Mechanik des Lebens. Aufwand der Existenz. Nicht jeder Tag ist d e r Tag. Materielle, animalische Unterwelten. Kategorien sogenannter Gesellschaft. Fern spirituellen Kosmos. Fern aufrichtigen Sentiments, wahrer Emotion. Kastell. Refugium.
Stille. Konzentration. Disziplin. Prinzip. Auferstehung. Keine Beleidigung der Schöpfung.

Situative Determination. Unsichtbare Gründe, Abgründe. Materie, Kategorien, Motive, Erscheinungen.

Roulette des Schicksals. Es stellte sich dieses altbekannte Lotteriegefühl ein. Und erneut war nicht klar, was zu tun sei.

Odyssee. Vergeblich, Verlorenes zu rekonstruieren. Observation, Gelächter, Häme, Schrecknis. Auch Träume vergeben. Glück suchte, Welt zu umfassen. Elektrisches Reich. Elektrisierend. Elektrisiert. An Insuffizienz der Masse gescheitert.

Ignoranten fiepen Unrat, halten diesen für Melodien. Selbstverständlich auch und gerade in Circonstances, welche jenen aus Gründen des Empfindens, des Stils, der Pietät verbieten. S i e nehmen traurigen Zustand als Gelegenheit.

Begehrte stets Gefährtinnen. Gefährtinnen in Liebe, Leid, Schicksal. Weggefährtinnen, Gespielinnen, Begleiterinnen, zuweilen Kumpaninnen. Sollte dies meine Bestimmung sein? Fragen endeten. Fragen nach eigentlichem Sinn. Vermeintlich. Ernte der Skepsis. Ende. Splendid?
Wiederkehrende Verwechslung von Illusion und Wirklichkeit. Bittere Folgen. Trauriges, zerstörendes Nachspiel. Konsequenzen, Dilemma, Falle. Gefangener des Vergangenen. Zweifelhaftes Gefühlssystem. Sentiment. Ressentiment. Martyrien. Gnadenlos. Willkürlich Tragödien?! Nachteilige Distribution des Unheils. Harre des Wunders. Erlösung von Pein. Lernte, gemeinsam schmerzhaftem Verluste zu sein. Institutionalisierter entmenscht-menschlicher Terror. Allenthalben. Beraubt der Gewißheit. Beraubt des Lebens, gar bloßer Existenz. Es regiert alte Angst. Erneut.

In mehrheitlich südeuropäischem Verständnis erwarten hierzulande keine tatsächlichen Jahreszeiten. Reisendem und weilendem Betrachter gelingt allein, verlängerten Winter, verlängerten Frühling zu erkennen, festzustellen, vorzufinden, jedoch beinahe gänzlich nichts, welches die Seele zu erfrischen, zu laben vermag. Zu kalt, zu dunkel, zu eng, zu arg, zu trist. Verbrauchsskala. Eilend gleich elend. Kein Ort des Lichtes, der Wärme, des Frohsinnes, der Leichtigkeit, endlich, des Lebens. Niemals als solcher bekannt, geschweige berühmt, fand, mit Recht, niemals solcher Bezeichnung, Benennung, fand niemals als solcher nur bedauernden, erwägenden Schatten einer Andeutung, marginaler Beachtung, denn Betrachtung. Günstigstenfalls wurde heuchlerische Posse, hohler Schein, kurzum Theater, gespielte, künstliche, trügerische Aufwartung, sprich vorteilsheischende Anwanzung, falscher, verlogener, wabernder, dunstig-schwüler, trunkener, fragiler, situativer Einklang, konstruierte, gestellte, gestelzte, heimtückische, böse, tradierte, konventionelle, konforme, oberflächliche Retorten-Harmonie zuteil. Fern der Wertschätzung. Nicht allein Gedächtnis der Somme. Der Alten. Dem Keime sichtbar. Unbeliebt. Ungeliebt. Charmant. Schmeichelhaft vorgetragen. Man nehme den Nacht-Expreß. Schleunigst! Gesucht: Heiland. Heilend Eiland.

Versuch. Zu viel. Auf einmal. Risiko hier und dort. Zu Triumph angetreten. Erfolg nahezu anekdotisch. Krank. Allein. Villa und Garten verlustig. Stasi-Profiteure haben abgegriffen. Ungünstigstenfalls zugrunde. Realisierung marginal. Bewältigungs-Mechanismen setzen ein. Ohne Sinn.
Tun dosiert. Portionen. Vermeintlich „Guten" glückt gänzlich.
Heimatverlust. Identitätsverlust. Würdeverlust. Ehrverlust. Freiheitsverlust. Souverainitätsverlust. Integritätsverlust. Substanzverlust. Möglichkeitsverlust. Perspektivverlust. Motivationsverlust. Gesundheitsverlust. Verloren. Verdrängung. Urgrund aus dem Herzen, dem Leib gerissen. Verbrannt. Ausgebrannt. Gewachsenes, festes Wurzelwerk, Halt unchristlich vernichtet.

Bekannterweise. Der Erdenaufenthalt ist erschreckend, hervorragend furchtbar kurz.
Suche Sanatorium geschundener Kreatur, gemarterter Seele. Hafen finden. Endlich.
In gebotener Notwendigkeit erweist es sich als ultima ratio, gefährdetes Leben, in höchstfähigem Ernst, ohne weiteren, möglicherweise tödlichen, Verzug, in ordnende, befreiende, heilende, rettende Hände zu legen.

Es schien, als hätte ich jene kostbaren Instrumente, die Voraussetzung menschlichen Antriebes sind, sämtliches, welches zu diesem nur in entferntester Verwandtschaft steht, verspielt, unwiederbringlich verwirkt, als hätte ich jede condition humaine und jede condition, Voraussetzung, Energie, Verständnis, Liebe gar, verloren. Unglückliche Summation sogenannt alltäglicher, mündet zuweilen in kardinale, irreversible Fehler. Es bleiben erbärmliche Varianten.
Materie. Zusammenhang. Glauben nicht, doch werden sich wundern.
Mit großer Mühe zwang ich mich zur Ruhe. Formen und Strukturen, Strukturen und Formen dürsteten, Einklang zu finden, in würdigem Gleichgewicht gezeugt, armiert.
Ströme. Mächtige Ströme des Wandels durchziehen die Geschichte. Scheinbar unmerklich.

Erfüllung gequälter, geschundener, nicht verlorener Seele. Erfüllung meiner Selbst.
Dunkel Passage.

VI. Zwielicht

Dieses Unternehmen hatte mich weitaus mehr Substanz gekostet, als es mir zu geben vermochte. Das Kommende nicht ahnend. Nicht ahnen können. Weit entfernt von Konkretem.

Erschreckend rasch Gewöhnung an Primitivität. Brechreiz blieb.

Zu eigenem Erstaunen wurde ich in den Schlägen des Schicksals sukzessive leidensfähig. Ständig erhöhter Speichelfluß. Brennender Schmerz, quälende Zweifel, unheimliche Ängste, auch jene, der Armut des Fremden in der Fremde zu verfallen. Ich lernte mühsamen, beladenen, verzehrenden Schrittes das bittere Los des Exilanten kennen und fürchten. Erfahrungen, die mein weiteres Leben prägen sollten.

Auch die Kindheit gebar Brechreiz und Speichelfluß als untrügliches Signum permanenter Angst. Niemals enden wollende Prügel, ausgeführt von „lieben Pionieren", beinahe tägliche Bastonade. Spießrutenlauf. Initiiert durch Diktatur und deren Handlanger. Unter ihnen erwiesen sich einzelne Lehrer, nicht selten komplette Kollektive derselben als besonders eifrig. Inszenierter, provozierter materieller Neid, Herkunftsneid, Sozialneid, Sozialhaß.

Die Ideologie des „real existierenden Sozialismus" infiltrierte, infizierte primär unschuldige, gelegentlich unschuldig-schuldige Kinderköpfe mit dem zerstörenden, vernichtenden Gift der kommunistischen Doktrin des Klassenkampfes. Fernab propagierter Klassenlosigkeit. Hiervon war der Nachwuchs der sogenannten Intelligenz im allgemeinen und jener der Ärzteschaft im besonderen betroffen. Dieses feindliche Klima währte beinahe meine gesamte Schulzeit und reduzierte sich erst, nachdem ich in das, mittels des Wortungetüms „Erweiterte Oberschule" intendiert entstellend, entfremdend, vergewaltigend bezeichnete, abendländisch als Gymnasium bekannte, „aufgrund sehr guter schulischer Resultate delegiert", eintrat.

Vergeht.

Seit Gymnasialzeiten manifestierte sich befreiende und zugleich verhängnisvolle Tendenz.
Ein seltsames Gefühl beobachtete ich während des allmorgendlichen Versuches, den Autobus zu erreichen. Das Bemühen, ihn nicht zu versäumen, resultierte einzig aus dem Umstand, nach Möglichkeit nicht zum Mittelpunkt unangenehmer Aufmerksamkeit, den inflationär wiederholtes verspätetes Kommen systemimmanent impliziert, zu avancieren. Andererseits war Widerstreben, Blockade beinahe, bezüglich Beschleunigung des Schrittes spürbar. Das Ringen zwischen tradiert Gezwungenem, scheinbar Unausweichlichem, welches nicht selten als Einsicht in das Vernünftige, Notwendige bezeichnet wird und dem urgewaltigen, natürlichen, gesunden, freien, eigenen Willen, der Sehnsucht Bedürfnis, Verlangen, Lust des Ich, der Persönlichkeit, zu verwirklichen, bestimmte den morgendlichen Weg. Besonders dann, wenn Sonnenstrahlen streichelten.

Mehr als vernünftig, erträglich und nicht zuletzt gesund sein konnte, beschäftigte mich die Frage, ob und wie mein Leben hätte anders verlaufen können. Nach Kräfte und Nerven zehrenden, zermürbenden Überlegungen gelangte ich jedoch zu dem Schlusse, daß das Schicksal stärker war. Der Weg, den ich beschritten, war von ihm auferlegt. Wenn dieser mühsame Pfad auch zuweilen als alptraumhafter Irrtum, als abgrundtiefe Verdammnis erschien, so konnten Schmerz, Qualen und Leid dennoch gestähltes Gutes, geläuterten, dankbaren Triumph zeitigen.

Die Farben der Heimat durchdrangen, beherrschten, paralysierten mich, alles andere verblaßte, wurde unbedeutend. Jede Fahrt dorthin läßt mich unendliche Tage und Nächte nicht ruhen. Das Eintauchen in vergangenes, in das Rückwärts, das beschützend-gefährdende Rückwärtige, in die heimatliche Rückkunft zerbricht meine Resistenz mit kranker Trauer und Bitternis. Gespielte Gelassenheit und Gleichgültigkeit bleiben hilflos und erscheinen grotesk.
Es gilt, zu versuchen, das Trauma des erkannten Verlustes abprallen und eines Tages abfallen zu lassen.
Leben und Hoffnung, Hoffnung und Leben haben sich nicht verbunden, sind voneinander abgewandt, belästigender Erwartungen überdrüssig, in Illusionen verstummt.

Intelligenz, Kondition, Strategie und Taktik vermögen Schlachten zu gewinnen, Erfolg zu nähren, entscheidend zu wirken und dem Pendel der Vorsehung günstigen Ausschlag zu verleihen. Ihr Wert wiegt mehr als jener bloßer, roher Kraft und nackten Geldes. Fehlende Präzision führt jedoch auch im letzten Moment zum Scheitern des besten Unternehmens. Lapidar lautet das Urteil: „Sie waren nicht zur richtigen Zeit am richtigen Ort. Miserables timing."
Ich trat heraus, sog begierig klare Nachtluft.

Obwohl Menschenverächterin, Menschenschinderin faszinierte sie mich. Vielleicht aber deshalb. Ich suchte, einem beinahe masochistischen, selbstverleugnenden Zwang nachgebend ihre Zuneigung und Nähe. In ihrer Gegenwart fühlte ich seltsam angenehme Obhuts-Sensationen, auch sie bereits Obsession, und fand mich dennoch einsam. Sie brauchte es, suchte Anlaß. Aus nichtigem Grunde begann sie Streit, unabdingbarer Bestandteil ihrer ganzheitlichen Befriedigung. Bizarre Mentalität wurde offenbar. Sie verkannte die Fronten. Ich ließ die wundersame Kraft der Diplomatie walten. Mit sedierender Wirkung.
Auf dem Boden lag ein Zettel, vergessen, verwunschen, von asiatischer Hand dunkel beschrieben.

Eine kleine „Welt" wasserstoffperoxidgebleichter, blonder Friseusen-Mentalität zwischen „Frühstück und Gänsebraten", „VEB" und Fleischer, bar jedweder Kultur, auch einzig des Ansatzes derselben, bar jedes elementaren Verständnisses, bar jeder wirklichen Lebens-Lust und jedes wirklichen Lebens-Gefühls-nicht des kruden, erstickenden, ranzig-kalt Erbrochenen, welches jene dafür halten-, bar geringsten Taktes.
In einem schlechten Traum erschien mir ein Kopierer, der Hitler-Porträts vervielfältigte. Es sollte sich als unmöglich erweisen, dem diabolischen Treiben Einhalt zu gebieten oder es in eine günstigere Richtung zu lenken. Der Preis war hoch. Unbezahlbar.

Man korrigiert den Verlauf des Lebens so oft, bis von diesem nichts mehr übrig bleibt.
Meine Augen brannten, ätzend rann Alkohol die Kehle hinab. Ich folgte den Bildern, Trugbildern des Stoffs.
Morgentau lag dampfend über weiten Feldern. Ich griff in milde Erde. Ihr Duft war betörend.

Hinter der Front die Etappe der Lüge.

Wie einst ist der Mensch ohne Verfügung über suffiziente finanzielle Mittel genötigt, sich dem Diktat der Aussichtslosigkeit zu unterwerfen, entweder zu arbeiten oder schleichend, rattenhaft zu krepieren, wobei auch Anstellung zuweilen subtilen, speziellen Niedergang, Siechtum eigener Art bedeutet.

Das Leben wirft zahlreiche Fragen auf und bleibt Antworten schuldig. Sein Verlauf ist in gewissem Maße davon abhängig, welche Erwartungen man mit ihm verbindet.

Fortschreiten und Erfolg der Existenz werden von Verfassung, Seelenzustand, Willen, Energie, Kondition des Individuums bestimmt. Töricht jedoch, allfällige Behinderungen, lähmende Blockaden in selbigem nicht zu kalkulieren.

Das von GOTT, dem Schöpfer allen Seins verliehene, geliehene Leben darf nicht ohne Sinn und Ziel verlaufen, es wäre verschwenderischer Frevel an seinem Werk, seiner Intention der Zeugung des summum bonum auf Erden durch vernunftbegabte Wesen, intelligenz-und fleischgewordener Beweis seines Wirkens und Wollens.

Den Menschen, befreit von der seinem Dasein immanenten Unzulänglichkeit, würden Erleuchtung und Glückseligkeit des Paradieses erreichen, würde tatsächliches Potential seiner Konstruktion offenbar.

Blut, Gene, Mentalität verbinden scheinbar unauflöslich mit der Famile. Sie vermögen die Kreatur Zeit irdischen Aufenthaltes zu ihrer Geisel, ihrem Gefangenen werden zu lassen. Bande des Blutes, Blutsbande, gegen deren eternale Infiltration in seiendem Interesse sich resistent zu erweisen, höchst ratsam erscheint, hegt man die geheime Sehnsucht der Entwicklung einer autonomen, souveränen Persönlichkeit.

Conditio sine qua non, dem Vergehen als Kopie der Altvorderen zu entrinnen.

Einzig aus vor jenen verborgener, abgeschirmter, geschützter Seele vermag neues Gefühl, nicht beeinflußte, und damit eigene, tatsächliche Absicht zu erwachsen.

Es gilt, ein bestimmtes Volk so einzudämmen, im Zaume zu halten, daß es ihm für alle Zeiten unmöglich wird, die Welt mit seiner pathologischen Zwangs-Ordnung zu vergewaltigen, jenes verbrecherische Irrenhaus auf seine kriminellen Verursacher beschränkt bleibt, ihrer tatsächlichen, im Dunkel gehaltenen Mörder-Mentalität entsprechend.

Jedem Volk das Gewand, Gefäß, welches es verdient. Es existiert keines, das nicht Abbild, Summe seiner Existenz wäre, viceversa dieselbe mehr oder weniger erfreut repräsentieren würde. Jedes ist so gut oder schlecht wie sein Ursprung.

Renaissance des Sklavischen. Perversion tritt offen, unverhohlen zutage, stellt sich gar zur Schau, erneut ist die höchste Stufe der Dekadenz erreicht, das endgültige Finale dämmert herauf.

Verschrobene Un-Gesellen. Blinde, hohle Masse, masochistisch dankbar ausgesogen, zerstört, vernichtet werden zu dürfen. Servitu.
Wahrlich, Vortreffliches, Großes vollbracht.
Intelligente, geplante, rationalisierte, effiziente- moderne Sklaverei.
Homo sapiens. Sapiens?
Erkennend in profundere Schichten, hartem Gestein gleich, vordringen.
Unendlich-Brei schlug im Puls kollektiver Angst. Einzig Arbeit um derselben willen.
Elendes Dasein, unweit „Vernichtung durch Arbeit".

Draußen rauschte einsamer Verkehr der Nacht, Nacht-Verkehr. Verlorener Gesang automobiler Bremsen.

Malheur. Blutleer.

Wem nicht vergönnt, ein König zu sein, sollte zumindest versuchen, den Lebens-Stil eines solchen zu pflegen.

Der Masse behagt das Genie, der Genius nicht, worauf dieser an jener zerbricht.
Nichts beabsichtigt stets, Diktaturen des Nichts, der Nichtigkeit zu etablieren.
Es existiert nicht länger Intimität, man hat erneut begonnen, zu observieren.
Ein Land läßt nervös werden. Es vermag nicht, zu beruhigen.
Mächtige Schwingen streifen metallisch, erlahmend, müde Asphalt. E i n Ende der Finsternis schien gekommen.

Sympathischer, klarer, präziser, hilfreicher Alkohol. Schlüssel. Erneut um eine Illusion ärmer.
Dem Stoiker näher.

VII. Vergehen und Vergänglichkeit

Sie begehrten zu wissen, womit ich mich jene kostbaren Jahre meines Lebens beschäftigt habe. Ich entgegnete, daß ich einzig mit dem Überleben beschäftigt war, daß der Überlebenskampf beinahe die gesamte Zeit erfordert und verzehrt hat.

Es blieb keine gutsituierte Muße für Rituale, Zeremonien, Präsentation, Zelebration, Divertissement und andächtigen Genuß von Stil und Geschmack.

Analysiert, identifiziert, illuminiert, registriert, realisiert. Institutionalisierte Antipathie. Institutionalisierte Kontrolle. Institutionalisierte Falschheit. Institutionalisierte Lüge.

Licht flirrte. Angesichts der Ewigkeit der Wüste verblaßte alles Tägliche, trat zwingend, naturgemäß in den Hintergrund, die Einzigartigkeit der Erscheinung überwältigte. Das Feld wurde neu vermessen und bestellt.

Sie nervten mich alle. Einige in vieler, andere, welche die Majorität bilden in beinahe jeder Hinsicht.

Aus den Tiefen, dem Dunkel der Vergangenheit trat, sich von dessen zähflüssigem Schleier befreiend, langsam, sukzessive Wahrheit hervor, an das Licht.

Den größten Wert in heutigen Tagen repräsentiert der wohldotierte Gewinn und Besitz des Luxus Zeit.

Ich lernte ein Volk kennen, welches in seiner hoffnungslosen Mehrheit auch nur bei dem geringsten Übel stets bedauernswert zu sein begehrt, jedoch gegenüber dem Leide anderer Völker und besonders jenem seiner Nachbarn vollkommen gleichgültig, unempfänglich wie unempfindlich reagiert.

Asiatinnen, vorzüglich jedoch Vietnamesinnen und Birmanerinnen, beruhigten mich auf wundersame Weise. Der Süßen weiche, schwitzende weißgelblichhellbraune Schenkel wie deren Inneres verströmten betörende, erregende, berauschende audeurs. Sie öffneten sich und umfingen mit angenehmer, belebender Wärme.

Erinnerungen werden mit letzten Kräften notdürftig in Plastik verpackt. Entrückte, ergraute Bilder versunkener, beinahe vergessener Zeit. Dennoch sandte sie belebende, hoffnungsfrohe Strahlung ihres einst schirmenden Protektorates. Tage lösten sich auf, folgten dem unaufhaltsamen Fluß der Zeit. Existiert eine Kontinuität des liebsten Traumes?

Ich vernahm den zarten Klang des Hofgarten-Kieses. Zauberhaft begleitete er meine Schritte. Ich durchquerte den Garten niemals ohne Unterbrechung, sondern verweilte gern und häufig. Argentinischer Tango, unter dem Dach des Pavillons zelebriert, wehte herüber. Eine vergnügte, unbeschwerte Schar junger Paare bewegte sich geschwinde, verzückt, scheinbar unermüdlich.

Reglos, bar jeden Wunsches, lag ich auf dem Bett. Ich erwartete sie. Geduld und Treue sind fragile Werte. Eines Tages beantwortet sich die Frage ihrer Dauer.
Sollte diese Bestimmung zeitweilig, oder tatsächlich Schicksal sein? Ein elendes, wenn es so wäre. Sie umgab trügerischer Glanz, der Schein des Falschen. Über polierten Klippen öffnete sich ein Abgrund, der sie verschlang. Hinterrücks injiziert die Meute vermeintlicher Freunde das Gift der Verleumdung. Die unentrinnbare Kraft des Datums nahm gefangen, gnadenlos richtet das Kalendarium der Ewigkeit.

Die Geleise des Lebens hatten jede Kontur verloren, folgten nicht länger ihrer Bahn. Institutionalisierte Ignoranz, ausgeführt von willfährigen, verordneten oder tatsächlichen, absichtsvollen Ignoranten, getrieben von vorsätzlichem Tun. Meine Existenz verlief sich zunehmend bitterer in alles verschlingendem, alles verschüttendem, gnadenlosem, unheimlichem Dunkel. Von Unruhe atemlos, kopflos, betäubt getrieben. Schließlich verfallen, verfault. In tropischer Trägheit. Alte Wegzeichen, Marksteine. Zwischenlicht. Gleiche Geleise. Zug um Zug. Zuweilen stellt sich die Frage, ob es wert gewesen, gleich einem geschlagenen Hund fremde Straßen entlangzutrotten, Ähnlichkeiten mit dem Verlorenen suchend. Nurmehr Erinnerung. Crudel. Teufelswerk. Adieu.

Illusionärer Idealismus. Keine Quadratur des Kreises. Influenz. Strategischer Fehler. Kopien des Verderbens. Virulenz. Ohne Befund. Überwuchertes Gift bricht auf, etabliert Obdachlosen-Lager. Vergessen. Gottes Wege. Mysterium. Martyrium. Letzte Prüfung. Höherer Wille zeitigt höhere Stufe. Überleben wie die Alten. Anatomie des Systems. For members only. Übel durch Feuer getilgt.

IX. UNIFORMDEUTSCHLAND-TAGEBUCH, DATUM ENDVERLOREN

I. Rückkehr

Nach dem Studium kehrte ich in meine Heimatstadt zurück, beseelt von euphorischem, festen Glauben an Bestrafung der Schuldigen, Reinigung, Aufbruch, Neubeginn, getragen von der Überzeugung, Dissidenten, Opfer, Gleichgesinnte, Seelenverwandte in bedeutenden Positionen der Demokratie vorzufinden.

En passant frequentierte ich ein Abgeordnetenbüro der CDU.

Wider Erwarten offerierte mir ein Landtagsabgeordneter eine Referentenstelle. Mit Freude und Enthusiasmus nahm ich das Angebot an. Es sollte sich jedoch bald als böse Heimsuchung erweisen. Parcours vielfältiger Demütigungen begannen. Der „Parlamentarier" suchte die Niedertracht seines roten Kleingeistes zu befriedigen, suchte den Auftrag seines Regimes fortzuführen, suchte, den Widerständler zu vernichten. Er realisierte sukzessive eine perfide Inszenierung, ein mieses, elendes Theater, an dem er sich mit gemeiner Wollust delektierte. Ende der Freiheit, des Wesens, der Zeit. Block-Karzinom konserviert, Metastasen expandieren. Nuschke-Götting-Jünger triumphieren. Das alte Gespinst wirkt fort. Amnesie grassiert. Viele, zu viele scheinen ihr Gedächtnis verloren, man darf, kann und will sich nicht erinnern. Das Kollektiv vermittelt den Eindruck, als hätte sich nichts Gravierendes ereignet. Schlecht geträumt. Phantasie. Phantasten sind Psychopathen, Störer des friedlichen Aufbaus guter Menschen, verbannt aus verlogener Zeit, die kein Erinnern wünscht, sich damit disqualifiziert, begräbt. Deutsche Gesellschaft duldet keinen Widerstand, gleichgültig, welcher Motivation und Natur. Er ist ihrem Wesen fremd. Verlierer sind auch heute jene, die der Diktatur widerstanden. Ich suche die Prinzessin, rein und makellos. Doch seit früher Zeit verfolgen dunkle Mächte. Ich kannte keine DDR, ich kannte einzig einig Deutschland. Es rettet kühle, distanzierte, logische Mathematik. Gleichgültigkeit als legitimer Zustand. Irrationalität säumt den Weg des Verderbens, des Abgrunds.

Zero begehrte zu wissen, ob ich infolge Stasi-Inhaftierung vorbestraft sei. Ihn interessiere ausschließlich diese Frage. Diese Äußerungen ließen vermuten, daß er entweder als Idiot oder Element der Diktatur gelten konnte.

Ich bestand nurmehr aus Alpträumen. Mein bisheriges Leben wurde von Ängsten, Schrecken, Zwängen, Leiden beherrscht. Bar guter Änderung. Resigniert starrte ich in geöffneten Abort.

Kalendarisch junge, doch erschreckend ältlich verstaubt, vertrocknet, jungfernhaft wirkende Wesen, deren einziger, alles bestimmender Lebens-Sinn darin zu bestehen schien, in Verkennung des Wertes tatsächlicher Schöpfungserfüllung diffusem Zweck vermeintlicher Karriere ihr gesamtes Dasein unterzuordnen. Fixiert auf den Moment der Realisierung ihres Planes, gefangen in der oft verzweifelten Hoffnung einer absurden Strategie, deren trügerische Logik verhieß, daß der Erfolg ihrer Herren auch zu ihrem eigenen gereichen würde.
Kein Profil, kein Charisma. Kann solcher Nachwuchs Visionen ausstrahlen, mobilisieren, Ideale vermitteln und darstellen? Doch er wird zu „Jugend-Führern" aufgebaut, gestylt werden.
Im günstigsten Fall verfügt dieser über armselige, miefige, paralysierende, ignorante, Substanz raubende, bösartige, neidische, tumbe, hohle, zersetzende, unheilvolle niedere Mentalitäten der deutschen Provinz. Das Produkt, die Organisation, hinterließ nicht selten einen senileren Eindruck als die Mehrheit der Insassen von Pensionistenheimen.

Curricula vitae sehr zahlreicher Blockparteiler, obwohl geschönt, stark verkürzt, ohne Daten, ohne Informationen, üblicherweise in transparentem demokratischem Umgang erwartet und gefordert, Eingang in Volkshandbücher deutscher Parlamente scheuend, erlauben trotz Behinderung, Irreführug, Verschleierung dennoch höchst aufschlußreiche Einblicke in die Charaktere früherer Kader, heutiger Parlamentarier. Bei Lektüre dieser beruflichen Entwicklungen wird der aufmerksame Betrachter inflationär unrühmliche Gemeinsamkeiten feststellen, welche aber, allem Anschein nach, heute keinen Anstoß mehr erregen.
Zero drängte jedem seiner nicht reichlichen, meist nicht fakultativen Gesprächspartner ungefragt, wider Willen, penetrant Schlagworte, und, falls es auch hierzu nicht reichte, Fragmente derselben auf. Bevorzugt bediente er sich mühsam erworbener spätkapitalistischer Terminologie. Gern verwendete er die chimärenhaft Fata Morgana zeichnenden Vokabeln „Wertschöpfung", „Aufschwung Ost", „eingestellt", „Planfeststellungsverfahren", auch blank der Kenntnis ihrer erbärmlichen Definition. Schon plapperte er gedankenlos bundesdeutsche Floskeln nach. „Ich sag' 'mal." „Ich denk' 'mal." et cetera.
Bis eines Tages, ich vermut' 'mal nicht fern, enthirnt, entgeistigt, entmenscht gesprochen wird, ich glaub' 'mal.

Wer einer Angelegenheit des Herzens leidenschaftlich folgt, diese jedoch lediglich theoretisiert, wird für sein übriges Leben Vorwürfe gegen sich erheben, wird in traurigem Bewußtsein verdammen, nicht gewagt zu haben. Gleichgültig des Gelingens. Kostbar der Versuch.
Begann, zerrüttetes, beinahe zerstörtes, scheinbar verfluchtes Sein aus verletzter Seele, geschundenem Leibe zu reißen, von Pathologischem zu befreien. Es galt, ihm Bestimmung, Wesen, Atem einzuhauchen.
Falsche Freunde, Intrigen. Aufstieg, Fall. Mut der Verzweiflung, durch diese motiviert, Konzentration stetig, gleichsam zum Trutze vorwärts. Phönix aus der Asche.
Abstraktion und Logik. Nichts geschieht ohne Grund.

Starrte reglos auf feines, weißes Papier. Ohne Linien, ohne Karos.

Der alte Hahn tropfte scheinbar unaufhörlich. Aus ihm rann träge schwarz-braunes Wasser, kroch Feuchtigkeit. Modergeruch verband sich mit der Morbidität meiner wahnsinnig gewordenen Heimat. Fluch? Das Schicksal hatte mir diese Stadt zugeteilt. Vielleicht sollte ich in ihr, und in letzter Konsequenz nirgendwo jemals Ruhe finden. Sie hatte erneut von mir Besitz ergriffen. Ich konnte und wollte mich ihr nicht entziehen. Es war, ist, bleibt, wird immer bleiben, eine Liebe im Haß, ein Haß in der Liebe, unerwiderte und erwiderte Liebe, unerwiderter und erwiderter Haß.

Da lag s i e wieder, da, vor mir, und ich unter ihr, unter ihrer Last, ihrer schweren, zuweilen schwermütigen, zuweilen anämischen, zuweilen blutüberströmten Leichtigkeit in der Last.

Bezaubernde Gaslaternen des unseligen Jahrhundertbeginns, der dennoch betörende Dunst ihrer Schlote kroch langsam, aber unaufhörlich in die Nase, irrlichternes, früh-, mittlerweile postindustrielles, manchesterkapitalistisches, niederbolschewistisches Timbre lockten. Verfiel erneut, nolens volens, ihrem spezifischem, gelegentlich aufblitzendem Fabrikanten-und Lumpenproletariats-Charme. Noch immer säumen endlos scheinende vampirsystemische Mietskasernenblocks die Straßen.

Jener locus terribilis und alle mit ihm verknüpften, längst überwunden, besiegt geglaubten Zwänge kehrten zurück und ich vermochte ihnen nicht zu widerstehen, vermochte ihnen nichts Wirksames entgegenzusetzen. Eine Stadt besaß und besitzt untergründige, mysteriöse Kraft.

Ich bete, und hoffe, ihr nicht zu erliegen.

Kontrast.

Es roch stark nach frischen Äpfeln vom Lande. Großvaters Äpfeln.

Im Sinne ferner Philosophie erlebte ich Zeiten eigentümlicher, seliger, bittersüßer Schwere.

Glück läßt sich nicht zwingen. Entweder es kommt freiwillig oder nicht. Es schien, als hätte ich einen Schalter entdeckt und betätigt, durch welchen sich ein Höchstmaß an Erkenntnis, Wahrheit öffnete, gewissermaßen ein Schalter der Offenbarung.

Nicht selten bleiben am Ende gemeinsam verbrachter Zeiten, in größerer Zahl als gemeinhin vermutet, allein Katzen oder Hunde, sofern vorhanden, in guter Erinnerung. Sonst jedoch nichts, welches des Andenkens verdiente.

Würde nicht der überwiegende Teil der Menschen einen Schlußstrich unter ihre Vergangenheiten ziehen, so sähen sie sich zu einem Weiterleben außerstande.

Zero liebt die Macht, wissend, daß er ohne sie auf den status quo ante seiner Nichtigkeit zurückgeführt würde. Er versteht Dienst als „dienen". Doch ich bin nicht zum Sklaven geboren. Dies Plaisir ist für jene Objekte reserviert, die sich hieran masochistisch zu delektieren vermögen. Für jene, die sich beherrschen lassen. Weil ihnen des Lebens Sinn verborgen geblieben, sie nichts anderes kennen oder kennen wollen, verwechseln sie scheinbare Sicherheit mit Erfüllung, in sinnlosen, tödlichen Strukturen gefangen. Zeit völliger Leere und geistiger Armut. Inaktivität der Depression. Dahinschleppen. Ich fühlte mich gleich einem lebendigen Toten, toten Lebendigen. Was ich auch unternahm, ich saß in einer Falle, war nurmehr Schatten meiner Selbst. Mein Ich schien verloren. Warum sollte ich erneut leiden? Hatte ich das Schicksal herausgefordert? Geist, Seele, Körper werden zersetzt. Ich sank, ließ mich treiben, nichts mehr erwartend, hoffend, träumend. Analytische, positive Penetranz. Suche gutes Zeichen, suche wieder Substanz zu spüren. Hinweg Paralyse! Leben und Bewegung sollen zurückkehren! Gutes Blut. Noblesse. Söhne und Töchter. Töchter und Söhne. Wissen, Bewußtsein, wer sie sind, woher sie kommen. Wohlhabende, kultivierte Muße.

Die unmittelbaren Lebensumstände eines Menschen bestimmen seine psychische, physische, soziale gesellschaftliche Situation und Position, entscheiden in letzter Konsequenz über seinen Aufstieg und Fall, sowie deren Geschwindigkeit, entscheiden, ob diese oder jene Variante eintritt.

Warum? Fern irdischer Beantwortung.

Wunderbar, der Haut blutjunger Mädchen betörender Duft, wunderbar, ihre frischen Spalten, Öffnungen zu spüren, zu kosten, zu liebkosen.
Bis zum Funeral.

Der Anblick sanfter, verträumter, liebenswerter, heimatlicher sächsischer Hügel, Kindheitsmärchenwälder ließ mich in sentimentale Stimmung geraten, spendete Trost. Todessehnsucht des Getriebenen, nach der Odyssee der Emigration endlich Ruhe zu finden. In Geburtserde. Doch, wenn sich das Leben nurmehr im Kreise bewegt, Existenz symbolisch wird, hat es wahrhaftige, tatsächliche Berechtigung verwirkt, verloren. Es fehlt an Wahrheit, Aufrichtigkeit, notwendigem, gebotenem Ernst. Armseliges Mieter-Volk. Fluch bösartiger Menschen, Ausgeburt häßlicher, brutaler, stupider Mentalität. Moderner Nonsens hinterläßt fade disagio ranzig hingeworfenen belästigenden widerwärtigen Gelangweiltseins, seitlichst, daß zu vergessen nicht bedauernswert sein kann. Billige Kopien einst pretioser Originale. Kein historisches Verständnis, kein historisches Gefühl. Deutschland wird an seiner Kälte, Ignoranz, Einfalt, neuzeitlichen Durchschnittlichkeit krepieren.
Wendemarke. In archaischer Würde.
Bestien tragen das Gift des Verderbens. Opfern injiziert. Entmündigt. Sklaven diabolischer Absichten. Realisieren programmierte als eigene Zersetzung.
Sich befreien, aus Hinterhalt und Ränken, strangulierender, steinerner Verlassenheit, feindlicher, ruinöser, tödlicher Umklammerung, Gefangenschaft. Liebende gewinnen, spüren.
Konstellation. Kalkül. Perfidie. Kollision. Endzeitlicher Tenor. Hirnlose Schädel, zu ewiger Leere verdammt. Unerträglichkeit der Chronologie. Protokoll des Grauens. Leben kann aus zwei Winkelzügen bestehen. Man sollte Spuren hinterlassen. Gute Spuren.

Herbst erwacht, erschüttert, verändert Koordinaten, Bestimmungsgrößen, Orientierungsgrößen. Zuweilen setzt er sichtbare, blutige Zeichen. Für gewöhnlich nähert er sich mit der Verfärbung des Blattwerks und dem Kreischen der Kreissägen.
Kommunistische kollektive Blockflöten-Solidarität. Kollektives Schweigen. Kollektive Lüge. Kollektive Amnesie. Prädisposition des Unglücks. Das Schicksal ausbeuten. Allein das Mögliche zu tun, läßt Olymp unerfüllt, einzig scheinbar Unmögliches zu erstreben, vermag Befreiung zu zeitigen. Gleichsam einen gehäuften Berg Scheiße mit einer Klospülung hinwegzuspülen. Erinnerung ist ein wahrhaft kostbares Gut, dessen Bedeutung nicht zu unterschätzen ist. D o r t haben Zahlreiche nicht MdL, sondern, der Wahrheit gemäß, MfS zu lauten.

Kapitalistische Mechanik. Stets Störung. Tragödien. Konzentriert. Abwehr-Kampf. Schlechtes mit Schlechtem tilgen.

Zuweilen läßt das süße Gift Männer zu Idioten degenerieren. Auf die optimale Melange kommt es an.
Liebe läßt sich nicht zwingen, nicht dosieren, sie ist unteilbar, ebensowenig als Glück. Entweder Liebe oder keine. Entweder Glück oder keines. Seele im Einklang.

Magnet attrahiert. Magneten attrahieren. Sucher letzter Inseln wahrhafter, wirklicher, tatsächlicher Freiheit.

Willkommen im Club der Schweine, Dilettanten, Scharlatane, Ignoranten, Stupiden.
In der Falle. Jeder Zug ist zum Scheitern verurteilt. Lage Schach Matt.

Betrachtet man die Biographien alt/neu-zonaler „Volksvertreter" läßt sich logisch verfolgen, welche Figuren, Apologeten, Stützen der SED-Blockflöten-Diktatur, Eingang in demokratische Parlamente, Institutionen erschlichen haben, diese beherrschen. Keine ideelle Respiration, visionäre Ventilation, kein menschliches Sentiment, geschweige Gewissen. Mandat einzig als Instrument der Macht, sicherer materieller Versorgung und Selbstversorgung, kommod garantiert im Fahrwasser erfolgreicher Ministerpräsidenten. Es können Schweine sein, für das Volk ist einzig wesentlich, daß es seine Schweine sind. Spießerkolonie. Expektorans der Hölle. Substrat widerwärtiger Kreaturen. Abschaum, konzentriert. In Menschengestalt. Jeder Geschundene erkennt sofort Diktatur-Handlanger-Fratzen. Auch danach.

Welche das Regime gepeinigt, zerstört, werden heute von einstigen Schergen, die, ungehindert, veränderten Bedingungen adaptiert, ihre Kriminalität fortsetzen können, auf neue Art ausgemerzt, endgültig vernichtet. Leid fortgesetzt. Aufgerieben. Derangiertes Leben. Keine Gleichgesinnten. Null Ouvert. Totalamnesie. Diese Informationen entstammen kranken Hirnen.

Störer d e s friedlichen Wiederaufbauwerkes. Selbstverständlich Psychopathen.

Es gilt aus tödlicher Umklammerung vermeintlich vorgesehener Bestimmung zu entfliehen. Deutschland!

II. Odium des Hades

Lügen, inszeniert.

Blockflöten nominieren Blockflöten.

Etikettenschwindel. Der Inhalt blieb. Dort läuft einzig Schmutz. Dort konnte man nur alles falsch machen. Gleichgültigkeit greift Platz. Kultivierter Pessimismus. Dekadenz des Nachmittages. Suche, Fehler der Vergangenheit zu korrigieren. Wünsche mich an ferne, freundliche Gestade.

Gleichgültig, die Unternehmung. Bleibe in der Falle. Nurmehr Schatten meiner Selbst. Wo ist mein Ich geblieben? Welches das Verbrechen, darum ich derart leiden muß? Angst. Ständig. Paranoid, psychotisch. Stets in Erwartung der Strafe. Seele, Körper, Verstand verloren. Bete, neues, gutes Zeichen zu setzen.

Ende der Paralyse. Wann? Bewegung, Leben sollen zurückkehren!

Arbeit im herkömmlichen Sinne existiert für jene Kreaturen, die mit sich und der Freiheit des Tages nichts zu beginnen wissen. Für jene, die geführt werden wollen, für die gedacht werden soll. Weil ihnen der Sinn des Lebens verborgen geblieben ist, sie nichts anderes kennen oder kennen wollen, verwechseln sie scheinbare Sicherheit mit Erfüllung. Verharren in tradierten Strukturen, in gruppe-, grube-schleppender Sinnlosigkeit. Die Betroffenen verfügen über keine Zeit, geschweige Muße, das zu tun, was sie möchten. Gequälte Menschen, sukzessive, kontinuierlich zermürbt, ausgehöhlt. Inaktivität der Abhängigkeit, Unmündigkeit. Depression. Gefangen.

Doch: Erkannt. Mit analytischer Penetranz.

Dingen verhängnisvollen Lauf gewährt. Unheil geladen.
Hoffnung. Enttäuscht. Individuum, Persönlichkeit, Würde, Wesen, Charakter, Bewußtsein,
Autonomie. Verlust. Zerstörung. Ruin. Narkotisiert. Fernab. Zugang. Allmählich. Zeichen. Fragiles
Gleichgewicht.
Glaube, Läuterung, Erkenntnis führen aus des Teufels Dickichten. Zufall existiert nicht.
Zwielicht. Erneut.
Zweifel. Nicht allein.
Nicht fallen!
Wann hat das Crudele begonnen?
Es ist spät. Was hält uns noch hier?

Ein zu unweigerlichem Scheitern verurteiltes Experiment, Heimat von neuem zu etablieren. Chimäre.
Schmerzhaft wurde es bewußt. Selbstbetrug, Lüge. Unmöglichkeit der Realisation eines sich als
weltfern erwiesenen Traumes. Antwort auf Mentalität, die fühlenden, mitfühlenden Herzens,
wortlosen Verstehens, Verständnisses, der Harmonie sich entsprechenden, einander wechselseitig
befördernden Seelen-und Gefühlsgleichklanges wüstenhaft entbehrte, und, so gesund korrigierende
Änderung ausblieb, der Konsequenz unrettbaren Verlorenseins anheimfällt, vergeht. Es bedarf
geduldiger Suche aufrichtiger, wahrhafter, seiender, einst gekannter, sanftmütiger Liebe,
leidenschaftlicher Sehnsucht. Kompatibilität, Kongruenz, Rezeption.
Schemenhaft. Entzweit. Entzogen. Entfremdet. Fluch der Näherung. Flucht der Nähe. Ihrem Segen
abhold, verschlossen, blind.
Es ist bekannt. Und hilft dennoch nicht. Sämtlich zerfließt.
Zuweilen schienen Mühen vergeblich.
Beobachtend. Dilatorisch. Ohne Makel.
Handelt von Geschmack, nicht von Sättigung.
Es war einmal schön.

Vampire der Zeit. Stadt im Nebel. Schlote recken sich, phallusgleich in düsteren, kalten,
hoffnungslosen Himmel. Schlote der Stadt. Stadt der Schlote. Leblos. Prämortal. Monumente der
Industrialisierung, des Kapitalismus. Als würde es etwas nützen. Blutleere Leblosigkeit.
Institutionalisierte Leblosigkeit. Blutleere Bedeutungslosigkeit. Bedeutungsschwere
Bedeutungslosigkeit. Rubikon überschritten. Spannung. Diskontinuität. Stil. Konserviert.
Mit offenem Visier. Letzte Reserven.
Habt uns zugrunde gehen lassen. Gesund und glücklich. Für ein paar Mark.

Leben. Reise. Trauer-Reise. Weder Hilfe denn Behilflichkeit.
Und wieder. Herbst in der Stadt. Doch ein anderer Herbst. Ein anderes Jahr. Eine andere Stadt.

Horribile! Welch' Vorstellung!
Kranke. Allenthalben.
Fern des Gesunden. Dekadenz. Moder. Von Fäulnis befallen. Odium des Niedergangs.
Unheil nahm seinen Lauf, forderte Substanz, Tribut.
Geld als Funktion. Und: Krankheit als Funktion.
Durch Rückzug vorwärts. Ruhe trägt, gewinnt.
Klarheit, Strenge, nördlich Form, Stille, Zurückhaltung, abhold, fremd der Penetranz.
GOTT nimmt beim Wort. GOTT fordert.
Vaterland nurmehr Kolonie Fremder, nurmehr Kolonie des Fremden. Okkupation in dunkle
Unendlichkeit, in des Nichts unendliches Dunkel verlängert. Germanische Götter. Schenken Heilung,
Gesundheit, Klarheit, Kraft.

Es war, wie es war.
Es ist, wie es ist.
Hirn, Herz, Seele, Erinnerung suspendiert.

Vergessen angeordnet, als „angesagt" deklariert.

Gekämpft. Gequält. Gelitten. Verloren.

Linkes Gift. Kraftzersetzend.

Stadt zieht sich. Falsche Metamorphose.

Protektion der Energie.

Ende der Osmose.

Bevorzugt klinischen Blick. Lauernd.

Nimm den Löffel nicht zu voll! Sonst verlierst Du alles! Nicht allein junge Nächte!

Jenes Mädchen, welches die bösen Geister zu vertreiben imstande, hat gewonnen.

Gesundheit, schönste Jahre. Sinnlos vergangen?

Erfüllung meiner gequälten, geschundenen, nicht verlorenen Seele, Erfüllung meiner Selbst.
Dunkel Passage.
Dingen verhängnisvollen Lauf gewährt. Unheil geladen. Glaube, Läuterung und Erkenntnis führen aus des Teufels Dickichten. Zufall existiert nicht.

Ein zu unweigerlichem Scheitern verurteiltes Experiment, Heimat von neuem zu etablieren. Fragile Chimäre. Schmerzhaft wurde es bewußt. Selbstbetrug, Lüge. Allmählich Einsicht in Unmöglichkeit der Realisation eines sich als weltfern erwiesenen Traumes. Antwort auf Mentalität, die fühlenden Herzens, wortlosen Verstehens und Verständnisses, der Harmonie sich entsprechenden, einander wechselseitig befördernden Seelen-und Gefühlsgleichklanges wüstenhaft entbehrte, und, so gesund korrigierende Änderung ausblieb, vergeht. Hier bedarf es geduldiger Suche aufrichtiger, wahrhafter, einst gekannter, sanftmütiger Liebe, aufrichtigen Charakters, leidenschaftlicher Sehnsucht. Zuweilen schienen Mühen vergeblich.

Allmorgendlich bietet sich mir die mit Wahnwitz zelebrierte, sinnlose Vorstellung des Kehrens, besser Polierens der den Häuserblock umgebenden Straßen und Wege, unbeirrt und unbeirrbar durch natürliche Tatsache der anarchischen Kraft des Windes, die ohnehin erneut gottgewolltes Chaos schafft. Es handelt sich bei der vorgenannten Auffälligkeit zweifelsohne um einen ausgeprägten Zwang, welcher, unabhängig von sozialer Herkunft, besonders dem deutschen Volke anhaftet.

Sie verstanden Politik nicht als Berufung, als ein von idealistischer Leidenschaft getragenes Engagement, als Gefühl gar, dem hehren Ziele der Verbesserung der Konditionen menschlichen Daseins zu dienen, sondern lediglich als willkommenes, günstiges Mittel, möglichst commode, niedere, eigennützige Interessen zu verfolgen. Ihr Erfolg bemaß sich hierbei einzig nach monatlichem Verdienst, Besetzung karrierefördernder, einflußbedingender, schließlich einflußreicher Positionen, der Eroberung, Sicherung, Mehrung ertragreicher Pfründe und Privilegien für sich und die ihren, stetiger Entwicklung, Verbesserung und Optimierung der Fähigkeiten auf dem Gebiet der Intrige, endlich des Erlangens von Meisterlichkeit in dieser Kunst. Nicht zuletzt jedoch bereitete ihnen höchste Befriedigung, wenn es, wie gewöhnlich, dank „allumfassender", exakter Akten-Altlastenentsorgung gelang, Täterschafts-Vergangenheit, welche dem weiteren Wende-Fortgang der zonalen „Kurve gekriegt"-Mentalität im überführten Einzelfall abträglich sein, diesen, nach allen mitteldeutschen Erfahrungen, jedoch selten beenden könnten, in nichtbeweisbarem Dunkel versanden zu lassen.

III. Implikationen des Seins

Familie bedeutet auch Fortsetzung der Gefängnisse des Lebens mit anderen, weitaus subtileren, perfideren Mitteln, bedeutet Indoktrination, Vergewaltigung, Zersetzung noch nicht entstellter, gezwungener, noch freier Seelen und ihres freien Willens.
Suchte wahres, unverfälschtes, natürliches Gefühl, keine Fassade, keine verlogene Posse. Genug elender Kälte!
Gravuren im Getriebe des Lebens, in der Mechanik des Seins hinterlassen, wenn nicht alles sinnlos gewesen sein soll. GOTTES Fügung. Dem Fortgang des Schicksals neuen Odem. Dessen Lose liegen aus. Welcher Zug privilegiert?

Als Kind befiel mich stets dumpfe Angst, wenn ich auf Fahrrad-Touren die Siegmarer Eisenbahnbrücke unterquert hatte. So weit durfte ich allein nicht fahren. Eine vieler verbotener Zonen. Les zones interdites.
Ferner Hund gab Laut.

Metallische Geräusche. Ein großer Wagen schob sich durch endlose Korridore.
Groteske, verschrobene Figuren. Inkompatible Fehlleitungen der Schöpfung.
Momente, die den Teufel fühlen lassen. Der Intrige feiste Fratze. Novemberregen klopfte an brüchiges Glas.

Monolithe. Unförmig. Eindimensionale Endpunkte zonaler Blick-Röhren, verzerrter, degenerierter Wahrnehmung.
Punktuell grassierender, elementarer Frühkapitalismus. Wiedervereinigung als partielle Bestrafung der Mitläufer-Armeen. Wird unterstellt, daß, laut Aussage eines alten Bonner Haudegens, „kein guter Deutscher" freiwillig in der Sowjet-Zone verblieben ist, handelt es sich bei jenen, die dort anzutreffen sind, beinahe gänzlich um den wertloseren Teil der deutschen Gemeinheit. Aus dieser rekrutierte sich die neue Kreation und mit ihr jene neue „Elite"-zu allem Leidwesen auch die akademische-der nunmehr krepierten sogenannten DDR, zu erdrückendem Teil aus Proletariat und dessen, in der Partei-Terminologie, „Verbündeten" hervorgegangen, welche sich seit der reunification sukzessive, möglichst lautlos in das alte bundesdeutsche, nunmehr gesamtdeutsche establishment einzuschleichen sucht, von diesem benötigt und benutzt.
Unheimliche Macht der Gene.

Ein elendes Leben. Wir können nichts dafür. Denn: Wir haben unser Bestes gegeben.
Aber: Es half nichts!

Es gilt als dem Charakter einer an und in sich kranken, sogenannten Gesellschaft immanentes Merkmal, unangenehmes hinter mehr oder weniger angenehmer Fassade zu verbergen. Beabsichtigt ist, die Total-Amnesie der Zeugen- „Gesellschaften" herbeizuführen, mit dem Ziel, eine verschworene Lügen-Gemeinschaft zu etablieren, die trotz mitunter gravierender sozialer Unterschiede einen stillschweigenden, unheilvollen Lügen-Konsens pflegt und sich dessen im Interesse persönlicher raison d' etre, wie übergeordneter raison d' etat bedient. Auf diese Weise läßt sich allzu Unappetitliches, wie die Historie vielfach demonstriert hat, höchst erfolgreich und effektiv aus dem Kollektiv-Bewußtsein tilgen.

Es schien, als fühlte Zero 1, daß sich allmählich ein imaginärer Strick um seinen verlogenen, fetten, sklerotischen Hals legte, drohend, die carotis seiner betrügerischen, parasitären Existenz abzuschnüren. Bisher hatte die alte Mechanik der Macht weiterhin existiert und funktioniert, ohne ernsthaften Störungen unterworfen worden zu sein. Das täglich plump-lauernde, feige, hinterhältige, bösartige Phlegma Zero 1 potenzierte mit zunehmender Verschlechterung seiner Lage die primitive, aber dadurch umso wirksamere, Perfidie des Systems seines Psycho-Terrors.
Nach etwa zwei Monaten begann deutlich zu werden, daß mein Engagement einzig aus dem Grunde erfolgt war, um die Doppelfunktion einerseits des zur Projektion seines verborgenen Hasses auf DDR-Dissidenten und „Fortmacher", die er in Bierlaune, sich unter Genossen wähnend, mit Genuß als Verräter bezeichnete, vorhandenen Objektes, andererseits eines zu seinem Alibi-Bedarf auf Abruf zu präsentierenden, ehemaligen politisch verfolgten Zonen-Flüchtlings zu erfüllen.

Bewältigung und Lösung diffiziler Aufgaben eines Landes sollten heute nurmehr intellektuellen Technokraten übertragen werden. Individuen solchen Formates können sich diesen gewachsen zeigen. Hierzulande vermag man jedoch höchst selten intellektuelle Politiker vorzufinden. In negativ überwältigender Mehrheit präsentieren sich heute nurmehr ignorante, phantasielose, unfähige, insuffiziente, dilettierende, austauschbare, Statur, Substanz, Kontur, Kultur und Stil völlig entbehrende, stets kassierende Statisten, sehr gut bezahlte, hohle, blasse, nichtssagende Schwätzer, jedoch keine charismatischen Akteure, keine entscheidenden, entschiedenen, handelnden Köpfe, mithin Durchschnittsmenschen, bar jedes geistigen Fluges, von Höhenflügen solcher Art gänzlich zu schweigen, wahrlich, ein repräsentatives Abbild dieser Gesellschaft, welches diese nicht besser widerspiegeln könnte und welches diese nicht besser verdient.

Etwa ein halbes Jahr vor Beginn des Wahlkampfes verstärkte sich seine Furcht überproportional. Seine Stellung begriff er nicht als politisches Wirken, sondern lediglich als Instrument und Institution der Selbstversorgung. Sollte seine Wiederwahl scheitern, würde diese so wunderbare Quelle plötzlich versiegen. Jener Möchtegern wird im folgenden als Zero Eins bezeichnet. Tatsächlich handelte es sich um eine fürwahr sprichwörtliche Null, um, französisch gesprochen, zero also. Zero plus Zero ergibt bekanntlich nochmals Zero. Umso mehr, wenn es sich, wie in vorliegendem Fall, um eine besonders große handelt.

Mein Zustand war nicht anders als verzweifelt zu nennen. Womit hatte es begonnen, womit würde es enden? Scheinbar vergebens wie vergeblich gewesen schien verronnene, verflossene, unwiederbringlich verlorene, wertvolle Zeit.
Sie fragte, ob ich ihr einen Cognac kredenzen würde. Ich lehnte dieses Ansinnen brüsk ab, mochte ihre ohnehin beinahe ständig vorhandene Betrunkenheit nicht verstärken.
Wie bereits unzählige Tage zuvor war auch dieser erneut ein miserabler. Er stand somit schmerzlich in einer seit langem unerträglich und verhängnisvoll gewordenen, quälenden, traurigen Tradition.

Es galt, Zwänge zu besiegen.

Lüge, permanente Manipulation kennzeichnen das allgemeine Dasein , welches nurmehr als solches, nicht länger jedoch als Leben zu bezeichnen ist. Unter diesen bedrückenden Umständen vermag ich keinesfalls euphorisch zu sein. Scheinbar unaufhörliche wiederholung täglichen Stumpfsinnes. Negatives perpetuum mobile.

Es konnte bereits als etwas Besonderes gelten, wenn das seltene Ereignis eines, wenn auch nicht ungestörten, so doch zumindest frustrationslosen Tages glückte. Die Zeiten werden zunehmend härter, unerbittlicher, elementarer, primitiver. Es existieren beinahe keine Occasionen mehr. Menschen haben wieder begonnen, sich niedrigem, miserabel entlohntem Schinden zu unterwerfen, allein um dem schlichten Grunde der Aufrechterhaltung der Funktionen des Vegetierens zu genügen. Nahezu jeder Mensch ist erneut jedes Menschen Feind geworden.

Negative Atmosphäre, Circonstances wurden umfassender, intensiver, gnadenloser, unerträglicher, als sie es ohnehin waren, begannen sukzessive zu zersetzen, aufzulösen, um in letzter Konsequenz zu vernichten.

General-Klima und mit ihm Mentalitäten haben sich in einem Grade zum Nachteil entwickelt, dergestalt, daß, ähnlich den Perioden zwischen den Weltkriegen, radikale Lageeinschätzungen und mit ihnen deren zwingender Logik folgend, radikale Lösungen, welche sich im Resultat nicht als solche, sondern als lediglich dilettierender Aktionismus erweisen, unerbittliche Renaissance zelebrieren.

Er verfügte weder über gute, geschweige noble Gedanken, er verfügte über keinerlei Gedanken, einzig über primitiven Macht-Instinkt, welchen er auf allmähliche Etablierung, folgende Festigung, schließlichen Ausbau seiner Positionen, Vermehrung, Vergrößerung seiner Pfründe, Akkumulation seiner Profite, endlich auf Sicherung des Genannten fokussierte.

Während des Wahlkampfes reduzierte sich sein Gewicht empfindlich. Der fette, faule, dreiste, anmaßende Bauch schrumpfte zusehends. Im Verlaufe einer Werbetour geriet er angesichts ablehnender Bürger-Reaktionen in Panik. Erläuternde Bemerkungen Jugendlicher mit antiautoritärem Erziehungshintergrund jagten das kleinbürgerliche Spießergemüt zum Siedepunkt. Bleich, erschrocken, mit despotischer Aggressivität stahl er sich vom Ort der Widerspenstigen, Unbotmäßigen, die lediglich die Grenze des Absoluten symbolisierten. In irrationaler Furcht wertete er diese einzelnen Ereignisse als negativen Indikator hinsichtlich seiner Chancen bei der bevorstehenden Landtagswahl, obwohl es logisch Denkenden nicht verborgen bleiben konnte, daß auch unfähigste, widerwärtigste Blockflöten im Schlepptau eines erfolgreichen, gebildeten, stilvollen und, nicht zuletzt, populären Ministerpräsidenten zu Wahl oder Wiederwahl gelangen würden. So auch diese, sich mit infantiler Begierde an i h r Mandat eifersüchtig geifernd, klammernde Kreatur.

Die ersten Hochrechnungen ließen ihn winselnd in sich zusammenfallen, den Verlust seines Besitzstandes, des Abgeordneten-Mandats, befürchtend. Das Ergebnis verband er einzig mit der Funktion des Erhaltes von Macht, Pfründen und Privilegien. Sinn, Charakter, demokratischer Auftrag des Mandats blieben seinem elementaren, selbstsüchtigen, materialistischen Unverstand verschlossen. Aspekt mitteldeutschen ancien regimes neuer Lackierung. Zonale Schmierenkomödie vor pseudopluralistischer Fassade.

Unbeschwerte Juli-Sonne wünschte mich aus elendem Büro in Münchener Bars zurück. Südlicher Regen fiel, sandte Ströme lüsterner Humidität, befriedigte die Gier der Etablissements. Vaginen wurden unruhig, ersehnten formidablen, wahrhaft potenten Stich.

Das Leben neigt sich n o c h nicht dem Ende zu, aber, es neigt sich.

Gestrandetes Ich wurde fremd, zerfloß, verlor Kontur, entzog sich eigener Kenntnis. Körper, Seele, Substanz gebrochen. Das Gift der Dunkelheit legte lähmenden, zersetzenden Schleier auf bittere, entwurzelte, richtungslose, vegetierende Existenz.

In der Garage einer Jahrhundertwende-Villa, deren gegenwärtiger Besitz auf dubiosen Erwerb, somit dubiose Erwerber deutete, und mehr als berechtigte Fragen hervorrief, galt es, einfältiges Propagandamaterial auf dafür vorgesehenen „Aufstellern" zu affichieren. Obwohl sämtlich mit Akkuratesse „tapeziert", folgten undankbare Schmähungen des Personals. Zeros plaisir. Willkommenes Objekt Gosseninstinkte zu stillen.

Lauthals, der Bedeutung unkundig, kreischten aus dem Vereins-Troß rekrutierte Pseudo-Sekretärinnen auf Fragen nach dem Verbleib ihres Herren, daß jener „beim Goonwäässinnghhh" sei.

Tatsächlich beabsichtigten sie mittels dieser Lautbildung das gemeinhin als neudeutsch bezeichnete englische Wort „canvassing", welches übersetzt „Werbung", „werben" bedeutet, zu artikulieren.

Es handelte sich um wirre, aufgewühlte Jahre, handelte von Dieben angeblich verlassenen Gutes, von Gewählten, aber tatsächlich Ungewollten, welche erneut Besatzer einer von gnadenlosem, unglücklichem Schicksale verfolgten, verfluchten sonderbaren Spezies scheinbar eternal Besetzter wurden, handelte von Gewinnern, Verlierern, schließlich von Verlierern, die ihr elendes Los nicht ertrugen, ertragen konnten und zu Verlorenen wurden.

Gewiß, sie verfügte über Intelligenz, allein verstand es nicht, jene zu praktizieren, zu verwirklichen, ließ diese Gabe ungenutzt, reagierte auf traurige Weise, ohne sich dessen bewußt zu sein. Verharrte in dieser unglückseligen Position, ohne dieselbe zu reflektieren, zu durchdringen, gelegentlich intendiert verzichtend.

Zunehmend aggressiver, bösartiger Zustand. Launen nahmen überhand. Alsbald nurmehr anima negra. Persistent. Ungesund.

Sobald sich Augen aus dem Schlafe öffneten, begann Terror, ließ sie Verstand und Empfinden entbehrendem Sein ungezügelten Lauf.

Schweigen erhält Energie. Ruhe generiert Kraft. Zeugt neu. Born, Wesen, Existenz.

In Fetzen hing Haut dürstende Kehlen herab, Gaben der Gnade und Lust, Gaben aus dem Füllhorn des Lebens verzweifelt begehrend, endlich zum Glücke zu dringen, zum Horizont. Schien nicht länger wahrzunehmen, schien nicht mehr zu zählen. Draußen zog d i e s e Welt vorüber, neu, nicht gestrig und dennoch gestrig. Was hatte sich verändert? Während sich Fronten einst klar, perfide präsentierten, inszenierten, traten sie nun verschwommen, damit in vollendeter Perfidie in Erscheinung.

Zero lispelte erneut falsch, feist, gierig. Auch e r beabsichtigte das spezifische Verhältnis des Abstandes konzentrisch sich annähernder Kreise zum Zwecke des Aufstieges zur Macht zu nutzen. Maskerade. Chamäleonisch. Alte Bande, SED-Paladine führen Scheingefechte, theatern „Wahlkampf". „Demokratisch".

„Nationale Front", Blockgesindel, „Bruderparteien" krepieren nicht, sind immortal. D o r t. Hilfreich übernommen. Das Virus genießt Immunität. Phalanx einstiger, gleichzeitig neuer Elemente, Exponenten, sichtbarer wie unsichtbarer Garanten, Profiteure der Diktatur.

Unnötig, wiederzugebären. Alte, persistente Macht. Strangulieren weiterhin den citoyen, die widerwillig angenommene, noch immer zarte Pflanze der Demokratie in der ehemaligen, bisweilen ist man versucht, zu diagnostizieren, lediglich scheinbar vergangenen, sogenannten DDR, sind, wenn i h r e m Interesse dienlich, bei günstiger Gelegenheit willens und fähig, erneut als Totengräber derselben zu fungieren. Ideologie als Garnitur. Besitz und potere sind Plaisir.

Scherben sammeln.

Weidmännisch gesehen, reagieren angeschossene Tiere bekanntlich unkalkulierbarer, gefährlicher als nicht tangierte. Bei Menschen verhält sich dies, naturgemäß, nicht anders.

Zeros augenfällige Entlarvungsfurcht und dieser auf dem Fuße folgende ungefragte Rechtfertigungsversuche, welche Ahnungen sorgsam verborgener Vergangenheit zu zerstreuen suchten, gerieten zu Inflation. Fassade wurde brüchig, Nerven lagen blank, wieder traten untergründige, geheime Ängste vor Überführung, Entlarvung, Wahrheit zutage.

Verabscheue es, Konversation über Nichtiges zu führen.

In diesen jämmerlichen Breiten schickt sich mit enervierender Regelmäßigkeit melancholisch stimmender Nieselregen an, ohnehin graue Tage in finale Hoffnungslosigkeit zu verwandeln, allgegenwärtige Exzesse der Tristesse diesseits des Horizontes zu potenzieren, zynisch zu zelebrieren.

Zero 1 empfand kein schlechtes Gewissen. Er verfügte nicht über sekundäre Accessoires.
Ich offenbarte täglich zunehmend Abneigung gegenüber Unwesen. Mein Verhalten war augenfällig. Er hatte registriert, hatte verstanden.

Ich hoffte. Nicht aussichtslose Vergänglichkeit.

Vorteile verschaffen Kommodität, torturieren zuweilen Gefährten, ziehen diese auch hinab. In den Orkus des Wohlstandes. Sie erwartete stets von Anderen, ohne selbst zu geben. Mittlerweile Imitationen. Fühlte mich außerstande, zu erkennen, welches ich ihr noch glauben konnte.
Erosion. Psychopathologie. Es entstand der Eindruck, als stellte dieser Zustand einen Horizont dar, welcher ihr dennoch angenehm erschien, an dem sie, augenscheinlich, trotz aller Pein und Abgründe, Wohlgefallen gefunden hatte. Gelegentlich wünschte sie sich in diese Welt zurück, wünschte, erneut in ihr zu versinken, in diese einzutauchen. Es schien, als verspürte sie eine unbestimmte Sehnsucht, unbändiges Verlangen gar, nach früherer Seelenkrankheit, bedauerte beinahe, daß sie von jener erlöst, empfand dies nicht als Befreiung, da sie es zunehmend als Schutz, Zuflucht vor einer Realität begriff, welche ihr bedrohlicher als ihr Leiden erschien und sie dieses trotz der Bitternis seiner Qualen allmählich dem abstoßenden Draußen vorzuziehen begann. Trägheit des Denkens und Wollens. Intelligenz lag brach, verkümmerte. Sehnte mich nach Liebe, Zärtlichkeit, sah mich nicht imstande, länger ihre Depressionen, ihre Manie, ihre paranoide Eifersucht zu ertragen.
Fühlte mich gleich ausgedörrtem Fisch. Gepökelt. Auch Alkohol vermochte mir nicht länger zu helfen, mich nicht mehr von meinem Schmerz zu erlösen, nicht länger Trost zu spenden. Er begann, seine Wirkung auf mich zunächst zu verfehlen, alsbald zu modifizieren, schließlich zu verlieren. Welches kann heute noch als sicher gelten?

Den Wert ihrer zweifelhaft erworbenen Positionen bemaß der altneue Typus nicht selten daran, in welchem Zeitraum er dadurch in die Lage versetzt würde, sich ein Haus, dort landläufig Eigenheim genannt, zu bauen, oder besser, da am preiswertesten, zu erschleichen. Fürwahr entgegnete ein junger Elbflorenzgeschacherter auf die Frage eines westdeutschen, nunmehr arrivierten, Residenz-Ersessenen, nach dem für ihn Wichtigsten der in Bälde endenden Legislaturperiode des ersten demokratischen Parlamentes in Sachsen -nach dem Schrecken zweier Diktaturen und dem verheerendsten aller Kriege-, daß er jenes Vorhaben Dank des Abgeordneten-Salärs realisieren konnte und stets ausreichend Zeit fand, die Arbeiten zu beaufsichtigen.

Einem anderen, weitaus älteren, deshalb nicht zwingend intelligenterem Deputierten erschien es, in Euphorie, unmittelbar nach geglückter Wiederwahl, dringlich, zu verkünden, daß er sich mittels zweiter, attraktiver dotierter Wahlperiode, seinem Ziel, die „Schallmauer" Einhunderttausend zu durchbrechen und, darüberhinaus, seiner wohlverdienten Pension, um, so wörtlich, „ein gutes Stück" nähere.

Von Mitarbeitern erwartete er, einem autoritären, von ignoranter Arroganz geprägten Arbeits-Motto folgend, nicht, für ihn tätig zu sein, sondern ihm sklavisch zu dienen.

Da ich mich zu Dienerschaft nicht bereit fand, ersann er ein perfides, jedoch primitives System stupider Spiele und Bestrafungen, gedenk deren nagenden Giftes er mich zu zersetzten, schließlich zu zerstören trachtete.

Doch sollte ihm dies nicht gelingen.

Im Lande vermeintlicher Emanzipation der Frau bezeichnen sich selbige bevorzugt als Lehrer, Ingenieur, Ökonom, Automateneinrichter, Dreher, Facharbeiter, Arzt, Politischer Mitarbeiter. Et cetera. Hirne geschlossen. Mutiert. Pervertiert.

Zero-Chor. Knechte stimmen hörig, willfährig ein. Gleich allen Zeiten. Lob der Zone. Allenthalben. Wehe dem, der allein Kritik am Geschwüre wagt. Den Opfern Hohn, Spott, Häme, Verachtung, Diffamierung, Zersetzung, Vernichtung. Ansinnen, sich ihrer anzunehmen ernten bösartig Gelächter. Und es ertönen widerwärtig, zynisch Sirenen. Gleich einst. Um d i e kümmern sich schon andere.

Philosophie. Wie diesem Wahnsinn entfliehen? Diesem Wahnsinn entfliehen!!!
Macht des Geldes erstickt. Sinnlos Krankherrschaft. Knechtschaft unter blöden Wahnsinnigen.
And now? Vergehen in Nichtigkeit, Nichtigkeiten, Belanglosigkeit, Bedeutungslosigkeit, endlich im
Nichts?
Umspanne die Welt mit deinem Bogen. Kontemplativer Duktus.

Zurück blieben einzig Leiden. Scheinbar unendlicher, unstillbarer Schmerz.
Zero 2 schlurfte mit grießgrämigem, gekrümmtem Rücken daher. Gleich einem buckligen Alten.
Welche Inspirationen, Eingebungen, Ideen, schließlich Qualitäten, respektive bestimmter
Führungsqualitäten, auf welche hierzulande bekannter Wert gelegt wird, sollten von solchen
selbsternannten „neuen", nurmehr Quasi-Jugend-Führern modernen Typus'ausgehen?!
Welche Strahlkraft, gar Lebensfähigkeit sollte ein derart „junger, dynamischer Mensch" vermitteln?
Zeitläufte. Zeitprüfungen. Zuweilen behilflich, mit fortune hilfreich, verläßliche Gefährten zeugend.
Doch oftmals zerstörend.

Wiedervereinigung.
Schmierig falscher Geborgenheit Kälte Fratze Ende. Zu Eises Verbrechertum nunmehr wahre,
mucker-heimlich ersehnte, aufgestaut-enthemmte, geile, triefende, leichentuch-modernde, hechelnde,
wilde Hatz. „Enrichez-Vous!" S i e haben. Längst und so lange möglich.
Stets rechtzeitig. Stets ausreizend. Gesindelgedeckt. Gesindelvereint. Hier. Logik. Gleiche Spezies.
Potenziert. Weiter. Bis zum Jüngsten Tag. Was bleibt? Hoffnung auf das Jüngste Gericht.
Zum Beispiel ein Beispiel.
Institutionen bedingen kontinuitives Unwohlsein, Observation, Penetranz, Diktatur, wenn aus dem
Ruder. Lefzen wetzen, lechzen.
An Stelle einstig unvermeidlich allfälliger Kaufhallen haben Supermärkte Einzug gehalten, an Stelle
früher nachsichtiger Wärme-und Warmwasserzähler ist unerbittlich, gnadenlos gierig existentiell,
elementar reißend frühkapitalistischer Wolf getreten. Plötzlich hat neue, vordem nicht gekannte
Sparsamkeit, hat neue, andere Angst Platz gegriffen.
In der Trinkhalle nicken Arbeitslose, Fürsorgeempfänger starr, stur, stupide vor sich hin, stieren
vergeblicher Erwartung in eine CDU-Vitrine, erkennen früher oder später, mehr oder weniger, daß
die von ihnen Gewählten ohnehin keine Anstrengungen zu Linderung geschweige Verbesserung ihrer
nicht selten unverschuldet miserablen Lage unternehmen. Vielmehr gefallen sich diese desinteressiert
in gar zur Schau gestelltem kommodem Eigennutz, begründeter Hoffnung, leere Versprechen
würden der Geprellten spezifische Irrationalität zu erneuter Stimmabgabe verleiten. Tägliche Bilder
des Jammers, mittlerweile zwingend zugehöriger verzweifelter Haß, eigener, in sich geschlossener
Zynismus von Überlebenskampf gezeichneter outcasts.
Zum Zwecke mittaglichen Essen-Fassens Eintritt von Arbeitsplatzbesitzenden in Stehpiepen um die
Ecken.
Zweifelhaftes Urteil der ausgeschlossen Ausgestoßenen.
„Jeds ghommdh de Greehhmmh däh laah Greehhmmh."
Doch wissen sie tatsächlich um den Charakter vielgepriesener Stellen? Oftmals bedeuten diese nichts
als eilfertige, beflissene, servile Dienstgeilheit, begleitet von schrittweiser Zerstörung und Aufgabe
der Persönlichkeit. Jene, die zumindest einen kleinen, miesen, schlecht bezahlten Sklavenplatz,
butlergleich, ausgesogen, in diesen kalten, trüben, bitteren, harten, perversen, entmenschten,
traurigen Zeiten erbalgt, ergattert, wie in Lotterien gewonnen, erheischt, erschleimt, erkrochen,
haben damit das Los unaufhörlichen Robbens bis an das Ende ihrer Tage, bis zur Grube gezogen.

Sie wissen es nicht.
Ausgeschaltet. Dunkel. Abfinden, mit jenem, welches ist, welches bekannt.

Stupide Einheits-Fressen. Erneut Progamme, aber kein P r o g r a m m. Gestapo-Stasi.
Stasi-Gestapo. Giftige Strukturen. Schnittmenge des Pöbels. Bilanz-Suizid.

IV. Aufklaren

Fingerabdruckpaste, made in U.K.. Das Verhängnis nimmt unaufhaltsamen Lauf, entwickelt eigene, dunkle Dynamik. Es kennt weder Wahrheit, noch Gewissen, noch Gnade. Zynismus ist sein Plaisir. Schizophrenes, paranoides, psychopathisches Land. Land des Zwangs, des Wahns, der Penetranz, der Observation. Land der Leugner und Selbstverleugner zur Unendlichkeit, Land stupider, verantwortungsloser Kopisten. Land kleingeistiger, dumm-dreist-anmaßend ignoranter, egozentrischer, hedonistischer, kommoder, larmoyanter, passender bürgerlicher Teil-Amnesie. Land willfähriger, serviler Autoritätsknechte, Untertanen, Schnüffler, Denunzianten. Krankes Land, kranke Menschen. Unfähig zu heilender Erkenntnis, rettender Metamorphose. Grenzgänge. Grenzgänger. Grenz-Gänge. Passages interdites. Odyssee. Endstation.

Heutig. Deutschvereinte Machthaber-Brut mit Nachbrut, interzonal.

Rotbullen in West-Uniformen. Nicht seit heute bei diesem Verein. Spielen sich schon wieder auf.
Stasi-Glotzen. Hauptamtliche und IM`s in Vorstandsetagen. Bin im falschen Film.
Am Ende des Tages wird alles gut. So hoffe ich. Es soll zum Schluß kommen.

Macchiavellistisches Gewirk. In Trümmern versunkener historischer Traum. Hinter Bildern, die einst Leben und Freude bedeuteten und verhießen, blieben nurmehr Trauer, Leiden, Schmerz, blieb nurmehr menschliches Strandgut. Stalins blutrote Epoche. Entrückt zu anekdotischer Fußnote, sphärischer Dimension in verwöhnter Ignoranten Meer. Generale Amnesie tilgt letzte, verblichene Spur des Todes, der Vernichtung. Gemengelage tiefgefroren. Erinnerung übel geduldeter Fremder. Bald personae non grata. Entbehrlichkeit vegetierender Existenz. Welt Gang.

Er schlurfte gekrümmt den Korridor entlang. Zero dachte stets an sich.

Mein Leben war während dieser Zeit fern sogenannter Normalität. Gift des Kleingeistes, intendierter Desinformation bezwingt erhellendes, heilendes, schützendes Licht. Verehre die Zwischenzeit, in welcher zuweilen Weiterführendes, Rettendes en passant zu Tage tritt. Nachsichtiger, verstehender Alkohol schenkt gemartertem Herzen zumindest zeitweise Wärme, kostbare Atempausen.

Scheiternde Nymphomaninnen erkrochen tragisch, retardierend das Lager. Unbändigem Mitteilungsbedürnis folgend offenbarten sie Geheimnisse.

Nicht selten nutzten sie Leiden anderer als willkommenes Instrument, sich in Konversations-Mittelpunkte zu rücken. Sprechen in Permanenz und im Gespräche sein. Nonsens geriet zum Thema. Wurde dieser Luxus einmal nicht gewährt, versanken sie in das Publikum becircende Depression. Sie mißgönnten allen und allem, außer sich selbst, jede, auch nur minimale Beachtung.

Bittere Lektionen. In Erfahrung und Konsequenz verwandeln.

Nicht aufgeben. Nicht nur aus Prinzip.

Die Konstruktion des Tages wurde gestört. Vom Erwachen bis zum Einfall der Müdigkeit. Allein im Schlafe war es vergönnt, endlich Ruhe zu finden.

Sie verband, vereinte, verbündete sich mit mir als Liebende in Momenten, Zeiten dunkler, kalter, böser Daseins-Nächte. Einst erfreute ich mich der Existenz des Genusses, erkannte mich im Schwange eines komfortablen, wahrhaft siedend-seienden Lebens.

Akten können vernichtet werden, Visagen bleiben, künden, verraten, überführen!

Zero lispelte mit dummen, gierigen, verlogenen, feisten Lippen penetrantes Wahlkampf-Vakuum.

Gelegentlich gemeinsamen Wochenbeginnes fragte er mich oftmals, ob auch ich die Sendung des von ihm präferierten Moderators, seiner Kommunikations-Leitfigur, „geschaut" hätte. Deren Wirkung reichte so weit, daß er begann, Sprache, Tonfall, Mimik, Gestik derselben zu imitieren.
Macht der Vorlage. Kopie bleibt zurück. Begehrt Identifikation im Original. Zu eigenem gereicht es nicht.
Die Grenzen zwischen ihm und seinem „Über-Ich" wurden sukzessive fließend, begannen, sich aufzulösen.
Sein Wesen und jenes, welches er zu inkorporieren suchte, verschmolzen allmählich zu monolithischer Form.
Zuweilen schien es, als hätte ich die Kontrolle über meine Existenz verloren, wäre nicht mehr Herr meiner Selbst, hätte mich dem Schicksal ausgeliefert.
Erhielt Segmente eines in Ausmaßen beschränkten Schreibtisches zugewiesen.
Straßenblick.
Das Tier hatte Biß in blasse, vornehme, bisher von den Unannehmlichkeiten des Lebens verschont gebliebene Haut zu setzen gewagt. Purpurrotes Blut rann herab, bot interessanten Kontrast, bemerkenswertes Schauspiel.
Ahnung verdichtet sich. GOTT hilft allein jenen, welche vom Leben keine Wunder erwarten. Pretiose Zeit verliert sich nicht selten ohne Sinn und Grund im Laufe des Daseins.

Edle Vorstellungen sollten sich bald als trügerisch, unwirklich erweisen. Es wurde nicht vergönnt, damals vorhandenen Idealismus, vorhandene Kraft gemeinsam mit der Resistance einzusetzen, für die Traurigen, Trauernden, welche das Regime in solchem Maße terrorisiert, daß sie nicht mehr in der Lage waren, die Täter dem Urteil zuzuführen. Weder Recht noch Gerechtigkeit.
Nach euphorischen Ankündigungen gewärtigte ich in einem Abgeordnetenbüro eines sächsischen „Oberzentrums" lediglich die Realität und Konsequenz von Sonntagsreden.
Anstelle Widerständlern fand sich ekelhafter Extrakt, widerwärtiges Konzentrat der Diktatur.
Gegenwärtige Substitution. Mikrokosmos der Profiteure des Grauens, des Gestrigen. Und Heutigen.
Bonzen- „Who is who" einer Stadt. Mitläufer, Bereicherer, Aktionäre, Renditeure, Sympathisanten, Unterstützer, Täter.
Ehemalige Stadtbezirksbürgermeister, „Abgeordnete" der Stadtbezirksversammlungen, des Bezirkstages, Blockflöten-Stadtbezirksvorsitzende, Mitglieder des Rates der Stadt, Bezirksvorsitzende, „Parlamentarier" der Volkskammer, Angehörige sonstiger Erfüllungsgehilfen-Handlanger-Organisationen. Sämtlich Blockflöten.
Nach jenem, in fataler Verkennung oder bewußter Nichtzurkenntnisnahme aktueller Tatsachen, Erscheinungen, Wirklichkeiten, auch Ignoranz, Blindheit diesen gegenüber, euphemistisch als „Wende" bezeichneten Geschehnis, firmiert die frühere Nomenklatura, kongruent ihrem alter ego, in der „neuen Zeit" als Bundes-und Landtagsabgeordnete, Land-und Stadträte, als „Demokraten".
Bewährte Techniken der Anpassung, Verstellung, Lüge feierten weitere Triumphe, gegebenenfalls durch Innovationen ergänzt. Primär-und Sekundärtragödien vermehrt.

Lokale erfreuen sich heute geringerer Besucherzahlen. Allem Anschein nach verfügen Menschen nurmehr über geringe Geld-Mittel. Vieles ist schlechter, in tatsächlichem Wortsinne billiger geworden. Nicht mehr, wie gewesen.

Das Fernsehen präsentiert alte Filme, sucht, vergessene Botschaften auszusprechen, dem Zeitgeist akkomodiert. Irrationale, ruinöse Ängste, Syndrome des Verlustes zirkulieren, grassieren alsbald inflationär, epidemisch.

Nicht selten lebt diese Kreatur in Phantasie. Erbärmlich endet oft ihr Leben. Grenzen verwischen, werden fließend, unkenntlich, treten schließlich an die Stelle der Wirklichkeit, gewinnen bestimmende Kraft. Beleidigung des Seins. Zeit verkehrt sich. Man gebrauchte die Lüge, fand sich ihr, vermochte ohne sie nicht zu existieren. Lebenslüge.

Geschöpf differenzierte nicht länger. S i e wurde existent. Viceversa. Verstand, erfolgreich zu verdrängen. Schatten-Reiche des Vergessens. Kollektives Ereignis. Bedauertes Phänomen. Auch nachträglich.

Wahrheit ohne Wirklichkeit. Wirklichkeit ohne Wahrheit. Realität.

Schleimgewordene Schicht umflorten Schlafes bedeckte wachsgleich morgenerwachende Augen.
Aufstehen bereitete größte Schwierigkeiten. Es drehte sich alles. Zunächst versuchte ich, möglichst
senkrecht auf dem Bett zu sitzen, um gestörten Gleichgewichtssinn in zumindest bescheidenem Maße
zu stabilisieren. Fühlte mich elend, mattgesetzt, konnte, wollte nicht weiter.
Vertuscht, verdünnt.
Allmorgendlich sammelte sich diese Zero-Masse in der Küche, deren bevorzugtem Aufenthaltsort,
Belangloses, Böses, zu verbreiten, „auszutauschen", schließlich, stupide, nichtig dilettantisch
gebrühten Kaffee zu schlürfen.
Ich war allein, ruhte in meinem Innersten. Zuweilen gilt mir dieser Zustand als ideal.
Verspürte Lust erneuter Einsamkeit, war unendlicher Kontakte, jenem vermeintlichen „Glück",
„Privileg", leid, vieles wurde störend, zerstörend.
S i e hatte sich lediglich zu ängstigen, daß sie mich an mich selbst verlor.

Zeros Hände waren kalt, klebrig, längere Zeit nicht gewaschen, face erschreckend fahl. Er zeigte
konservative Reflexe, sofern überhaupt von selbigen gesprochen werden konnte. Obwohl erst
Anfang Zwanzig pflegte er sich wie ein fünfundachtzigjähriger Greis zu bewegen, waren seine
Reaktionen die alter Männer, wobei jene nicht selten über reichhaltigeres Temperament-Reservoir
verfügen. Beflissen mühte er sich stets, Erwartungen sogenannter Autoritäten zu erfüllen, verlor sich
selbst.
Gelegentlich bereitet konstruktives Chaos nicht geringes Vergnügen. Ziehe geordnetes dem wilden,
zügellosen vor.
Verlieren, um zu gewinnen. Mittels Verlust Gewinn.
Der Altweibersommer vermag sehr angenehm zu sein. Besonders kennzeichnet ihn diese Eigenschaft
in Wien.

X. EPILOG

Menschen, welche die Entmenschung ihrer Umwelt, die zu täglicher Realität gewordene, brutale Bestie in Gestalt der Larve des homo sapiens nicht länger ertragen, gelten dem elementaren kapitalistischen System als nicht belastbares Personal. Armeen dienstherrabhängiger Lohnempfänger, die sinnlos, abgestumpft, stupide, verfault, als stets hörige Arbeitssklaven in buntschillernden, uniformen Mietlöchern kaserniert, dem Köder der Partizipation am Erhardtschen Wurstzipfel erlegen, bevor der Infarkt Tribut fordert. In inhaltleerer Ödnis der Scheinwelt eines absurden Spätkapitalismus diszipliniert vegetierend, dem Tode geweiht, um schließlich auf unerfüllt gebliebenes, verlorenes, bald vergessenes Leben ohne Höhepunkte des „Wahren, Schönen, Guten" zu blicken. Mit Groll, der sich gefühls-, jedoch nicht verstandesmäßig entlädt.

Kein Halt in haltloser Welt. Fragile Fehlkonstruktionen. Prädisposition des Unglücks. Verstörte Kreatur. Das Schicksal ausgebeutet. Massen-Fratze. Dummheit speist Ignoranz. Ignoranz speist Dummheit. Dummheit schützt Majorität. Erkenntnis ließe erschauern.

Vampire des Alltags. Barberei.

Zeit, die kein Erinnern wünscht, begräbt sich.

Es gilt nicht länger, nurmehr eine Arbeits-Stelle zu besitzen, sondern lediglich um Teilhabe an Tätigkeit, um derselben Zulassung, damit gesellschaftliches Wert-Gefühl, Gemeinwesens-Kommunikation, hauptsächlich aber Demütigung, selten Bestätigung. Dennoch ekstatisch gefeiert. Privileg, zugelassen zu werden. Aus eigener systematischer, systemischer Kategorie Existenz, Valenz in Hierarchien, abgeleitet, folgend dem Alpha-Tier beinahe suizidal, falls nicht Chargen, Dissoziationen, Rendite, Dividende, Markt, Aktien vernichten.

Gesucht Zustand, welcher conditio sine qua non, um Bewußtsein, Selbst-Achtung-Respekt, ipso-Anerkenntnis zu kreiieren.

Mittlerweile nervlich tangiert. Vermeintliche Partizipation, tatsächlich Untertanen-Session.

Welt verheert. Menschen in Unglück gestürzt. Bevor situiert, realisiert, welch underdogs s i e sind. Keine Voreiligkeit der Mittel.

Dieser Ort, genauer jene Örtlichkeit, bedeutete gewissen Rückzug, gewisse Introvertiertheit, Autonomie, mithin kreativen locus.

Bedeutete Charakter zu erringen, zu formen, die Gesamt-Mechanik relativ und sich selbst möglichst verstehen zu lernen. Näherung des Zieles. Konzentration. Kraftwerk.

Allein, danke GOTT solches Feld gefunden, hieß nicht einzig, glückliche, bevorzugte Lage geschenkt, sondern Gnade erfahren zu haben.

Kadaver-Geier gierten kläglichem, erbbärmlichem Reste.

Gedächtnis der Tiere. Gedächtnis des Menschen?!

Verwirrung, Verirrung. Leid. Beschädigung. Genetische Registratur.

Draußen tobte Sturm, entsetzlicher. Wider jede Infektion.

Es erschienen Jugend-Bilder von einem Leibesübungs-Platze, einer Autobus-Halte-Stelle. Sollte sich dies Furchtbare mysteriös vervielfältigen, sollten längst überwunden gehoffte Obsessionen, Psychopathien erneuten, zerstörenden Einzug halten?

Ein Wunder müßte geschehen. Ich suchte nach einem Wege, auf dem sich mein Schicksal endlich positiv erfüllen würde.

Einst galt Blässe als nobel. Ausweis, sichtbares Zeichen der Wohlhabenheit, finanziellen wie sonstigen Reichtums, distinguierter Unterkühltheit, Distanz, des Standes seines Trägers, während Sonnenbräune als beinahe untrügliches Merkmal niederes Volk verriet, welches sich, sklavengleich, auf den Latifundien der Herrschaft Haut verbrannte, Seele aus dem Leib kohlte. Nach dem Ersten Weltkrieg begann sich dies allmählich in das Gegenteil zu verkehren. Sogenannte Gesellschaft entdeckte Braungebranntheit nunmehr sukzessive als visuelle Dokumentation der Oberschicht-Zugehörigkeit, als Sinnbild des Wohllebens. Schließlich sind jene in privilegierter Lage, goldenen, nicht geschwärzten Teint zu erwerben, denen kostbare Zeit in luxuriösem Maße zur Verfügung steht.

Feind der Arroganz. Gehe und komme wieder.

Mittlerweile, und da zur Gewißheit geworden, daß vordem gerühmte Couleur in wenig zweifelhaftem Verdachte steht, für Entstehung und Wachstum des Hautkarzinoms verantwortlich zu zeichnen, kehrt man zu Noblesse und Chic elitärer Blässe zurück, welche aus genanntem Grunde nunmehr auch im Rang der Zweckmäßigkeit steht.

In Momenten der Niedergeschlagenheit, Kraftlosigkeit bleibt ein aus bitteren Erfahrungen gewonnener Willen, dem ich Widerstehen und Bestehen, damit Bestand, Existenz, auch mein Leben verdanke.

Seit der Kindheit vorhandene Talente verlieren sich nicht. Sie wirken weiter.

Deutschland erscheint hinsichtlich Natur, Charakter, nicht zuletzt seiner Menschen als Gefängnis. Es war solches, ist es, wird mit an paragraphischer Sicherheit grenzender Wahrscheinlichkeit solches bleiben. Verbrecher wiedererstehen, reüssieren. H i e r. Jenes heterogene Gebilde wird erneut als psychiatrische Anstalt firmieren. Gegenwärtig präsentiert sich dem interessierten Betrachter nicht, wie einst bevorzugt, geschlossene, sondern mit pervers-psychologischem, perfidem System katalogisierte, kategorisierte, kriegverloren-alibihaft camouflierte, wiederum verirrte Kranken-Einrichtung eigentümelnder, singulärer Spezies, Straf-Vollzug mit anderen Mitteln, konkret mit reglementiertem Freigang.

Wissen, welches gewesen. Der Bogen spannt sich weit. Weit spannt sich der Bogen.

Wahrheit, zuweilen bitter, tritt kurz, erfrischend zu Tage, während Lüge widerlich mühsam zu bewältigende, nicht selten zerstörende Distanzen erfordert.

Spürte kalte, fahle, knöcherne Totenhände.

Vor dem Hotel lärmte Personal an verrotteten Müll-Containern. Es fegte Stiegen dieses ungastlichen Hauses. Kleingeister unterwürfigen, beflissenen Dienstes waren angetreten, das Laub des Herbstes zu bekämpfen. Stupide, mechanische Rituale.

Man folgt tradierten, sogenannten „festen Regeln", wenn es Erhalt und Selbstzweck eines sinn-und verstandentleerten, sich gefälligen, sich selbst zelebrierenden Zwangs-Konstruktes dient.

Streben nach universeller Erkenntnis zeugt und bedingt universelle Zweifel, ruft universelles Leiden an nicht erschlossener, sich vielleicht niemals erschließender Materie hervor.

Verborgen sein und bleiben. Zeichen elenden Vegetierens. Ein Mechanismus der Verdammnis sollte durchbrochen, sollte eliminiert werden.

Es gelang mir nurmehr mittels Alkohol, mich in tatsächlichem Wortsinne „über Wasser zu halten."

Er war seit langem mein Alliierter. Ich trank intensiv, bis Quälendes verbannt, fern der Erinnerung. Schließlich verlor auch der alte Helfer seine Wirkung. Ich fühlte nichts mehr, fühlte mich nicht mehr.

Sollte mein Leben einzig Ausdruck einer zweifelhaften Parabel, auf diese bis zur Unkenntlichkeit, Unerträglichkeit reduziert, fixiert, dieser mysteriös, schicksalhaft, hoffnungslos unterworfen, ausgeliefert sein?

Leere Blicke betrogener, gestohlener, verlorener Leben, Unendlichkeit des Nichts offenbarend, aus dem sie gekommen, in das sie gehen. Endlichkeit, resigniert. Letztes. Zeiten, in welchen ich Glück verlernt, ein zu lange schmerzlich entbehrtes Gefühl vergessen zu haben schien. Qualität des Herzens, der Seele, der Gedanken. Hartgeschnittene Profile. Italienische Information. Zu genießen vermag einzig jener, der Negatives distanziert. Einsamkeit schöpft Erkenntnis. Individualisten mag die Menschheit nicht. Sie vernichtet solche. Sukzessive. In Tranchen. Sich minderwertig fühlendes Volk, deren intellektuell unterversorgtes, komplexbeladenes Ego durch Gemeinheit an der Mit-Kreatur Kompensation, scheinbare Erhöhung sucht.

Zustände, Metamorphosen, General-Zweifel, in disordine Ordnendes. Untauglich, zu bestehen im Daseinskampfe. Veränderte Definition. Absolut. Blasphemische Konsequenzen. Finale des Bösen. Spätes Licht des Nachmittages. Hügelflanke. Spuren. Konzentration, Klarheit. In mancher Straße liegt unbeschwerte Vergangenheit begraben. Es blieb nurmehr Erinnerung. Aus ihr schöpfe ich alte, neue Kraft. Vernunft gebietet, nicht übermäßig Dasein und dessen Vegetierens-Circonstances zu reflektieren. Unstillbares Erbrechen wäre stringente Folge.

Lebenssaftes, Mark, Substanz, Energie, Courage, Talente beraubt, gefleddert, ökonomische Instinkte kommunistisch verbrannt. Ausgesogen. Blutleer, anämisch. Fahle, unwirkliche Gestalten. Leichentücher zu Garderobe dekoriert.

Cauchemar. Therapie nicht erwünscht. Zu spät. Hochgradig infektiöses Material. Letal. Auslese. Fallhöhe. Abgrundtief. Korridor. Willens lichte Flur. Generationen. Subkortikale Strukturen. Sklerosis. Übergang. Keine Koinzidenz. Reale Umstände implizieren Zustände. Redundanz des Empfindens, des Seins.

Diese sogenannte Gesellschaft hat nichts anzubieten denn Qual und Pein, acht Stunden triste Mobbing-Maloche, acht Stunden enthirnte, gehetzte, angstatomisierte arbeitsfreie Schein-Zeit, acht Stunden Cauchemar. Exploration läßt gottlose, unfreie, unreife, abgestumpfte, elementar gierige, kleine, eiskalte, giftige Un-Menschen zurück. Momentaufnahmen gescheiterter Existenz. Tragödie gnadenlosen Schicksals. Deklination des Niedergangs.

Sortierter subordinanter Perversions-Apparat. S i e kopulieren gar in geordneten Bahnen.
Vibrationsbereinigt. Ekstaseretardiert. Fertilitätssuppression. Genetische Verheerungen.
Nurmehr Schatten des Weiblichen, des Männlichen.
In tatsächlichem Wortsinne von Kopf bis Fuß Gesundheit gefordert. Idealiter.

Barbaren-Geist. Auschwitz, Kommunisten, Blockflöten sind hierzulande ebenso schnell vergessen wie BSE und MKS. Medikation empfohlen.

Durchdringender Screening-Blick. Sehe Menschen nurmehr virologisch.

FINE

www.ingramcontent.com/pod-product-compliance
Lightning Source LLC
Chambersburg PA
CBHW080803020726

47504CB00008B/1883